G

咕噜
GuRu

NOUVELLES ORIENTALES

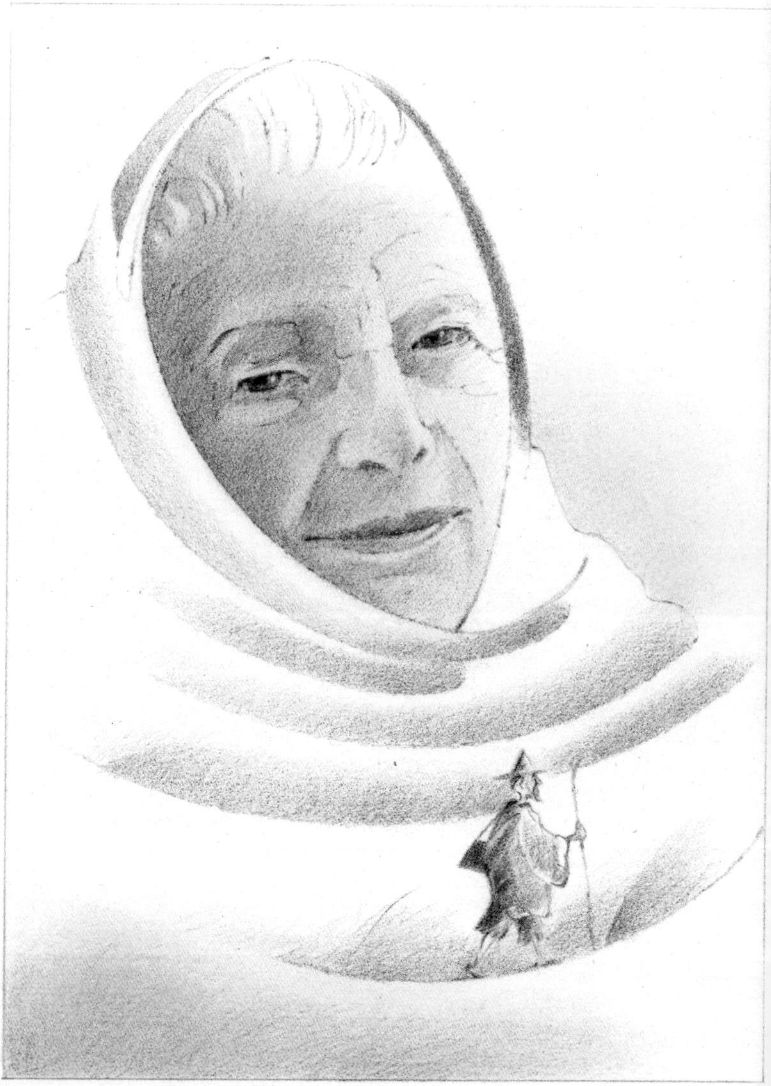

Marguerite Yourcenar
[法] 玛格丽特·尤瑟纳尔(1903-1987)

出生于比利时布鲁塞尔,成长时期在法国度过,同时游历欧洲各国。1939年起定居美国东北海岸,1987年在缅因州荒山岛辞世。1980年尤瑟纳尔入选法兰西学院院士,成为该机构350年历史上的第一位女性"不朽者"。

尤瑟纳尔是一位典型的学者型作家,深受自古希腊罗马以来的欧洲人文主义传统浸润;同时,她很早就意识到欧洲中心主义的局限,一直对东方哲学和文学抱有浓厚兴趣。她的作品以渊博的学识、广阔的视野和深邃的哲思见长,包括诗歌、戏剧、随笔等,尤以小说创作著称。主要作品有小说《哈德良回忆录》《苦炼》《默默无闻的人》等,回忆录《世界迷宫》三部曲也享有盛誉。

尤瑟纳尔的语言优美典雅,纯净洗练,一向为人称道。

段映虹

北京大学法语系教授。译著有《苦炼》《文艺杂谈》《论埃及神学与哲学》等。

Georges Lemoine
[法] 乔治·勒穆瓦纳

出生于法国鲁昂,已为六十余部图画书绘制了精美的插图,并获得诸多相关奖项。

Nouvelles orientales

东方故事集

插图本

Marguerite Yourcenar
[法] 玛格丽特·尤瑟纳尔 著　段映虹 译

Georges Lemoine
[法] 乔治·勒穆瓦纳 ——————— 绘

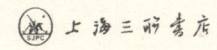

上海三联书店

献给安德烈·L. 恩比利科斯

目 录

1　王浮得救记
25　马尔科的微笑
45　死者的乳汁
67　源氏公子最后的爱情
89　迷恋涅瑞伊德斯的男子
105　燕子圣母堂
123　寡妇阿芙洛狄西娅
141　失去头颅的迦梨
153　马尔科·克拉列维奇之死
165　科内琉斯·伯格的悲哀

175　1978年后记

Comment Wang-Fô fut sauvé

王浮得救记

老画家王浮在弟子凌的陪伴下,游荡在大汉帝国的道路上。

他们行进得很慢,因为王浮夜里要停下来凝望星辰,白天要停下来观看蜻蜓。他们的行李很少,因为王浮喜欢事物的形象,而不是事物本身。在王浮看来,除了画笔、颜料、墨汁、绢丝和宣纸,世上的任何东西也不值得拥有。他们很穷,因为王浮用他的画来换取小米粥,而不屑于拥有钱币。他的弟子凌被装满画稿的袋子压弯了腰,他恭恭敬敬地弓着背,仿佛肩上扛着的是苍穹，因为在凌的眼里，这个袋子里装着雪山、春花和夏月。

凌生来并不是为了跟随一个追逐晨曦和夕阳的老人而四处奔波。他的父亲是黄金交易人；母亲是一个玉石商人的独生女，商人将遗产留给她，同时也因她不是儿子而诅咒她。在凌从小长大的家里，财富将一切偶然挡在了门外。这种小心翼翼与外界隔绝的生活让他变得胆怯：他害怕昆虫、雷电和死人的面孔。凌十五岁那年，父亲为他挑选了一位容貌姣好的妻子，想到自己已经为儿子安排妥当的幸福生活，老人备感宽慰，从此可以夜夜安睡。凌的妻子像芦苇一般娇弱，像乳汁一般稚气，像唾液一般甜美，像眼泪一般咸涩。办完喜事之后，凌的父母仿佛不想给儿子添麻烦，竟然双双故去，留下凌独自住在朱砂色的宅子里。陪伴凌的是他年轻的妻子，她始终面带微笑，还有一株梅树，每年春天会盛开粉色的花。凌爱这位心地纯净的妻子，就像爱一面永不变暗的镜子，一枚永葆平安的护身符。他也附庸风雅去坐坐茶馆，也会有节制地捧几位杂耍演员和舞女。

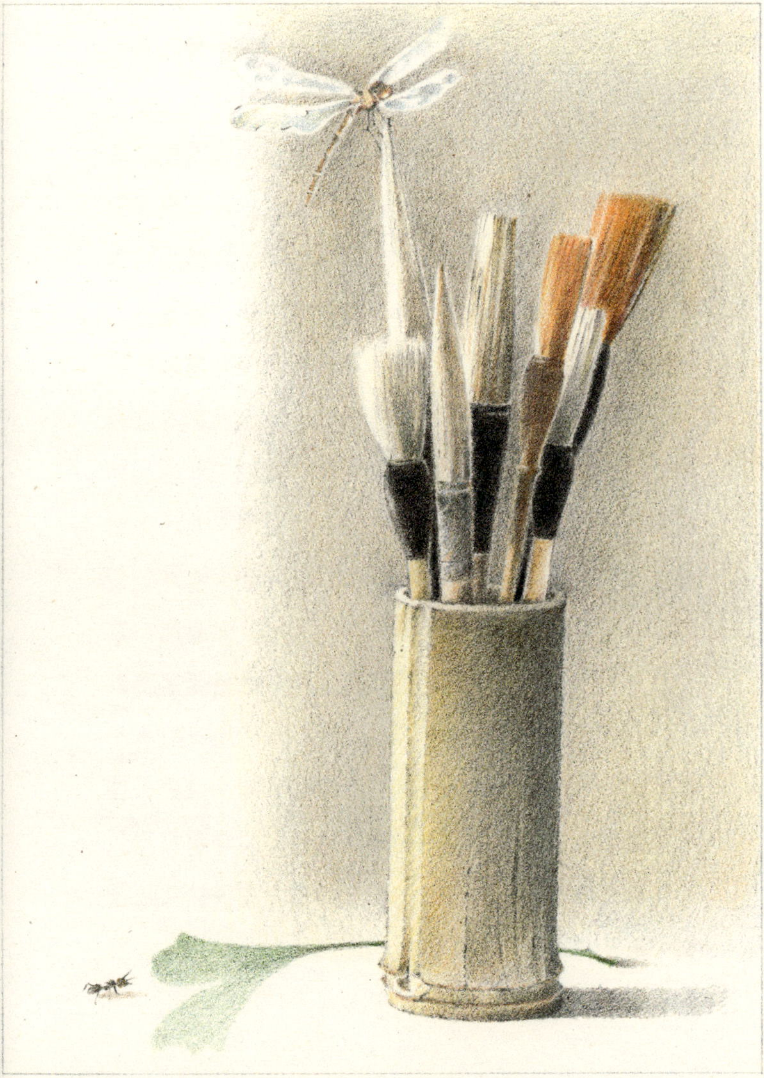

一天夜里，在一家小酒馆，凌与王浮同桌。老人喝了酒，为的是更好地画一位醉汉；他歪着头，似乎想要尽力目测自己的手与酒杯之间的距离。米酒让这位沉默寡言的匠人松开了舌头，这天晚上，对王浮来说，沉默好比一面墙，词语则是用来涂在墙上的颜料。多亏了王浮，凌发现热腾腾的饮料散发的雾气让酒徒们的面容变得模糊不清，别样地美；火苗在肉块上不均匀地舔过，留下灿然的褐色；桌布上点点滴滴的粉红色酒渍，像枯萎的花瓣一样动人。一阵风吹破了窗户纸，骤雨灌进屋里。王浮俯身指给凌看闪电铅灰色的裂纹，凌由衷赞叹，从此不再惧怕暴风雨。

凌替老画家付了份子钱；既然王浮身无分文，也还没有找到住处，凌就谦恭地请王浮住到自己家里。他们一同走路；凌提着灯笼；微光在水洼里投射下意想不到的光亮。那天晚上，凌吃惊地发现，他家房屋的墙壁不像他原来以为的那样是红色，而是跟一只快要腐烂的橙子一样的颜色。在院子里，有一株此前谁也不曾注意到的灌木，王浮却发现它形态精巧，还将它比作一位正在晾干头发的年轻女子。在走廊里，一

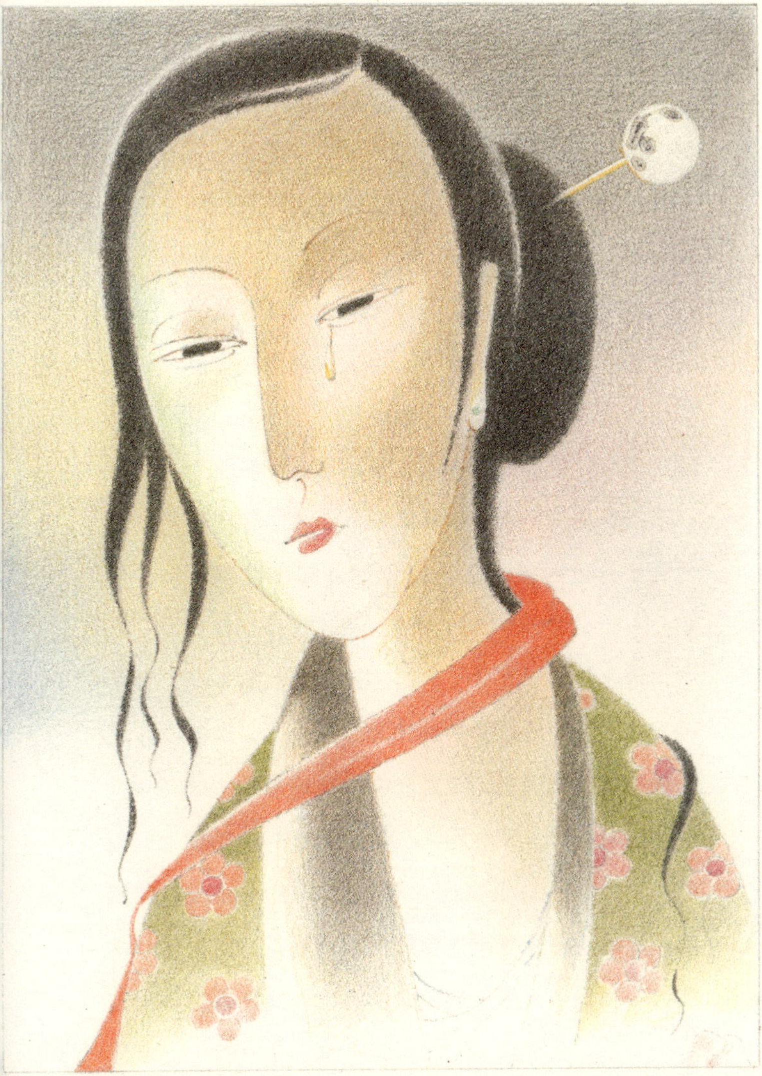

只蚂蚁正沿着墙上的裂缝攀爬,那蹒跚的步态令王浮欢喜不已,凌对这些小虫子的惧怕烟消云散了。凌于是明白,王浮刚刚送给他一件礼物,那就是崭新的心灵和眼界,他恭敬地请老人住在他父母生前居住的房间里。

多年以来,王浮梦想着要画一位从前的公主在柳树下抚琴的肖像。没有一个女人不真实到可以充当他的模特,凌却可以做到,因为他不是女人。随后,王浮又说起他想画一位在古柏下射箭的年轻王子。没有一个时下的年轻男子不真实到可以充当他的模特,然而凌让自己的妻子在花园里的梅树下摆好造型。后来,王浮又画她穿上仙女的衣裳,置身于日暮祥云之中,可是年轻女人哭了,因为这是死亡的征兆。自从凌喜欢王浮为她绘制的肖像胜过她本人,她的面容就日渐憔悴,如同暴露在夏天的热风或骤雨中的花朵。一天早上,有人发现她在那株粉色梅树的树枝上已气绝身亡:她用来上吊的丝巾跟她的头发缠在一起飘动;她看上去比平时还要纤瘦,跟往昔诗人们咏唱的美人一样纯洁。王浮最后一次为她作画,因为他喜欢死者面容上这种青色。他的弟子凌为他研磨颜料，这件活计需要他专心致志，他甚至忘记了哭泣。

凌先后卖掉了他的家奴、玉石和池塘里的鱼，为的是给师傅采办一罐罐来自西方的紫红色墨汁。房屋变得空空如也之后，他们就离开了，凌就这样关上了自己过去的大门。王浮也厌倦了城市，因为人们的面孔再也无法向他传授任何关于美或丑的秘密，于是师徒二人开始在大汉帝国的道路上流浪。

一路上，无论在村庄，在城堡的大门口，还是在不安的朝圣者们黄昏时分栖身的寺院门廊下，他们的名声总是先于他们本人到达。人们说王浮有一种本事，只要他在画中人物的眼睛上点最后一笔色彩，他的画就有了生命。农夫们恳求他为自己画一条看门犬，王公们则希望他为自己画一些兵士。寺院住持们视王浮为贤者，对他礼遇有加；百姓则视他为巫师，对他心存畏惧。王浮乐意听到这些不同的看法，他正好可以借机细察身边各色人等流露出的感激、惧怕抑或尊崇的表情。

凌乞讨食物，照料师傅入睡，趁他心醉神迷时为他按摩双脚。天刚蒙蒙亮，老人尚在睡梦中，他就出门去寻找隐藏在芦苇背后若隐若现的风景。晚上，老画家因沮丧将画笔掷到地上时，他就将它们拾起来。每当王浮心灰意懒，提起自己年事已高，凌就微笑着，指给他看一株老橡树挺拔的躯干；每逢王浮兴致勃勃，谈笑风生，凌就装出洗耳恭听的样子。

一天，日暮时分，他们到达京城的近郊，凌为王浮找到了一处过夜的旅店。老人裹着旧衣衫，凌紧靠着师傅躺下以便给他一点儿热气，时值春寒料峭，压实的泥土地上还结着霜。晨光初露，旅店的走廊里响起了重重的脚步声；客人们听见店主惊慌失措地窃窃私语，还有人用蛮族的语言高声叫嚷，发号施令。凌浑身发抖，他想起来前一天曾经偷过一块米糕给师傅吃。他断定这些人是来抓捕他的，他在想，明天不知该由谁来帮助王浮走过下一条河上的浅滩。

兵卒们提着灯笼进来。火苗透过花花绿绿的灯笼纸，在他们的皮头盔上投射下红色或蓝色的微光。弓箭的弦在他们肩上嘶嘶作响，其中最凶恶的几名兵士突然发出虎啸般的吼叫。他们将手重重地放在王浮的颈项上，王浮却不禁注意到他们衣袖的色彩跟袍子不相称。

王浮由弟子搀扶着，跟在兵士们后面，踉踉跄跄走在高低不平的路上。行人三三两两聚在一起，冲着两位犯人讪笑，猜他们多半会被拉去斩首。无论王浮打听什么，兵士们一律报以一副凶相。老人被缚住的双手很痛，凌万般无奈，面带微笑望着师傅，他觉得这样比流泪来得温柔。

他们来到皇宫前，紫色的宫墙高高耸立，白天看上去也如同大片暮色。兵卒们带领王浮穿过无数方形或圆形的大殿，它们的形状象征着季节、方位、阴阳、长寿、特权。大殿的门在转动时会发出一个音符，它们的设置是为了让人从东到西穿越整个宫殿时，就能听到完整的音阶。一切安排都是为了传达一种非凡的气势和雅致，人们感觉从这里发出的哪怕最微不足道的命令，都像祖先的智慧一样不可抗拒和威震四方。末了，空气变得越来越稀薄；一片深沉的寂静，恐怕一个身受酷刑的人也不敢发出喊叫。一名太监撩起一道帷幕；兵士们像女人一样战栗起来，这一小群人走进大殿，天子端坐正中。

大殿没有墙壁，仅靠几根粗壮的青石圆柱支撑。大理石柱子的另一侧，是一个花团锦簇的园子，小树丛里的每一种花儿都是来自异域的珍稀品种。但是花儿全都没有香味，因为害怕芬芳的气息干扰真龙天子的沉思。为了让他的思绪沉浸在宁静之中，宫墙内不允许任何鸟儿飞入，甚至连蜜蜂也被赶走了。一道高墙将花园与外部世界隔开，以免从死狗和战场的尸首上掠过的风吹来袭扰皇帝的衣袖。

天子坐在玉雕宝座上，尽管他年方二十，双手却像老人一样布满皱纹。他皇袍上的蓝色象征着冬天，绿色则意味着春天。他的面孔俊秀，但是毫无表情，如同一面高悬的明镜，只能照见星辰和无情的苍天。他的右侧是专司雅宴欢娱的大臣，左侧是监管处罚公正的顾问。诸位廷臣分列于廊柱之下，尽力竖起耳朵捕捉天子唇间发出的一言半语，久而久之，皇帝养成了用很低的声音说话的习惯。

"圣上，"王浮叩头说道，"我又老，又穷，又弱。你如同盛夏；我如同暮冬。你有一万条命；而我只有一条,并且行将就木。我对你做了什么?我的双手被捆绑起来,而它们从未伤害过你。"

"你问我,你对我做了什么,老王浮?"皇帝说。

他的声音美妙动人,让人听了想流泪。他抬起的右手映在碧玉铺就的地面上,仿佛一株青绿色的水草,王浮赞叹这些修长的手指美不胜收,他努力在记忆里搜寻,想知道自己是否曾经为皇帝或者他的祖先画过一幅蹩脚的肖像,罪该处死。然而这种可能性微乎其微,迄今为止王浮几乎没有出入过皇宫,他更喜欢的是农家茅舍,若在城市里,则是烟花柳巷集中的郊区,还有河岸边贩夫走卒们争吵不休的小酒馆。

"你问我,你对我做了什么,老王浮?"皇帝接下去说道,一边将细长的脖子探向侧耳聆听的老人。"我来告诉你吧。不过,既然他人的毒液只能通过我们自身的九窍才能潜入体内,为了让你明白自己的过失,我要带你走一遍我记忆中的长廊,向你讲述我的平生经历。我的父皇将你的画作收藏在宫中最隐蔽的密室里,因为他认为画中人物不应被凡夫俗子看见,他们不能在凡俗之辈面前垂下眼睛。老王浮,我就是在这些殿里长大的,因为我被故意放到这种与世隔绝的环境里成长。为了不让我的纯真受到人心的玷污,我根本无法接触到那些躁动不安的我未来的臣民们;任何人也不允许从我的门前经过,怕的是这个男人或女人的影子延伸到我跟前。分派来伺候我的几个老仆也尽可能少露面;时光周而复始;你画面上色彩随着晨曦变得鲜亮起来,又随着暮色而黯淡下去。在难以入眠的夜里,我看着你的画,在差不多十年的时间里,我每夜都看着它们。白天,我坐在一张地毯上——我闭上眼睛也能看见这张地毯上的图案——将我空无一物的手掌放在明黄色绸袍遮住的膝盖上,我梦想着未来可能得到的欢乐。我想象世界的样子,大汉位于中央,就像单调而低洼的手心上,纵横交错着五大河的命运之线。在大汉帝国周围,是妖魔出入的大海,更远处,是支撑天空的高山。我借助你的画作来想象所有这一切。你让我以为大海如同你画中那样,是一片辽阔而湛蓝的水面,一块石头掉下去就会化作蓝宝石;女人像花儿一样开开合合,就像在你的花园小径上，那些衣带当风、飘然而行的女人；还有那些身材轻捷、镇守边关的年轻兵士，他们本身就像箭一样射中你的心。十六岁那年，我看见将我与世界隔开的一扇扇门打开了：我登上宫中的高台观望云彩，但是它们没有你画上的晚霞那么美丽。我乘上銮舆：一路颠簸，我想不到路上有烂泥和石块，我跑遍整个帝国，也没有看见你画中那样的花园，其中有无数流萤般的女人，而她们的身姿本身就是一座花园。海岸边的石头让我对海洋心生厌恶；受刑人的血不像你画上的石榴那般鲜艳；村庄里的害虫让我无法看见稻田之美；活生生的女人的肉体就像肉铺挂钩上的死肉一样令我反感，士卒们粗俗的笑声令我恶心。王浮，你这个老骗子，你欺骗了我：一个疯疯癫癫的画家将混乱的色点投掷到空中，然后不断被我们的眼泪冲刷成一团混沌，这就是世界。大汉帝国不是最壮美的，我也不是皇帝。老王浮，只有你通过千种线条、万种色彩进入的那个帝国，才是唯一值得统治的国度。你独自一人平静地统治着积雪永不融化的高山，水仙永不凋谢的田野。王浮，这就是为何我在想，要让你受何种酷刑，你的妖术让我憎恶自己之所有，渴求自己之所无。我要将你囚禁在唯一令你永世无法逃离的黑牢里，我决意让人灼伤你的双眼，因为你的眼睛，王浮，是两扇有魔法的大门，为你开启你的王国。还有你的双手，就像两条岔路纵横的大道，将你引向你王国的中央，我决意要让人砍掉你的双手。老王浮，你听明白了吗？"

听到这个判决，凌拔出别在腰间的一把缺口的刀子，扑向皇帝。两名侍卫将他抓住。天子微微一笑，叹道：

"我还恨你，老王浮，因为你懂得如何受到爱戴。杀了这条狗。"

凌往前一跃，以免他的鲜血溅到师傅的袍子上。一名兵士举起军刀，凌的头颅应声落地，像一朵被剪下的鲜花。侍从们抬走他的尸骸，王浮绝望之中，欣赏起弟子的鲜血在碧玉地面上留下的美丽的绯红色痕迹。

皇帝打了一个手势，两位太监过来擦拭王浮的眼睛。

"听着,老王浮,"皇帝说,"擦干你的眼泪吧,现在不是哭泣的时候。你的眼睛应该保持明亮,不要让泪水模糊了留给它们的最后一线光明。我之所以要你死,不仅是因为怀恨在心;我要眼见你受苦,也不仅是因为我生性残忍。我还另有打算,老王浮。在我收藏的你的画里,有一幅尤为令人赞叹,上面的山岳、河湾和大海相互映衬,尽管缩小了无数倍,它们的真实性却超越了事物本身,正如那些映照在球体表面的形象。但是这幅画尚未完成,王浮,你的杰作还只是草稿。说不定你坐在一个寂静的山谷里作画的时候,注意力被一只飞鸟,或者追逐这只飞鸟的一个儿童吸引了。飞鸟的喙或者儿童的脸蛋让你忘记了波涛的蓝色眼睑。你还没有画完大海裙幅上的流苏,也没有画完岩石的水藻发丝。王浮,我要你用仅剩的几个时辰的光明来完成这幅画,它将包含你漫长的一生里积攒下来的终极秘密。不用说,你即将被砍掉的双手会在绢帛上颤抖,而无限之感就会通过那些表达不幸的晕线进入你的画中。不用说,你即将被毁掉的眼睛会发现人所能感知的极限关系。老王浮,这就是我的打算,我能强迫你来执行。倘若你拒绝,我就在弄瞎你的眼睛之前,命人销毁你的所有作品,你就会像一个全部孩子被人杀死的父亲,失去绵延子嗣的希望。不过,你不如将我这道最后的命令视作一番好意,因为我知道画布是你唯一抚摸过的情妇。提供画笔、颜料和墨汁给你打发最后的时光,无异于将一位卖笑女子赏给一位即将被处以极刑的人。"

皇帝轻轻挥了挥手指,两名太监毕恭毕敬地捧上王浮勾画出大海和天空轮廓的那幅未竟之作。王浮擦干眼泪,微笑起来,因为这幅小小的画稿让他回忆起自己的青春。画面上的一切都显露出一种王浮再也不能自诩的心灵的鲜活,然而画上也缺少一点东西,因为在王浮作画的那个年代,他还没有凝望过足够多的山峦和浸泡在海里的裸露岩石,也没有足够深地体会过暮色的忧愁。王浮从侍者手中挑了一支毛笔,在未完成的大海上挥洒下大片大片蓝色。一名太监蹲在他身边研磨颜料;他干活很不利落,王浮比任何时候都更加怀念他的弟子凌。

王浮起先在一片飘荡在高山之巅的云朵末梢抹上

几许粉红。随后他在大海上添加一些细小的涟漪,这让他安详的心绪显得愈发深沉。碧玉铺成的地面变得越来越潮湿,然而王浮沉浸在他的画里,竟没有意识到自己是坐在水里作画。

一叶扁舟在画家笔下逐渐变大,此时占据了画幅的前景。突然,远处响起有节奏的桨声,快速而有力,仿佛飞鸟振翅。声音越来越近,渐渐充满整个殿堂,然后静下来,挂在船夫桨上的水珠微微颤动。准备用来烧灼王浮眼睛的火红的烙铁,已经在刽子手的炭盆上熄灭多时。水已经漫到朝臣们的肩头,然而他们碍于礼制,使劲踮起脚尖仍然屏息不动。水终于漫到皇帝的胸口。大殿里寂静无声,即便泪珠掉落下来也听得见。

来人竟是凌。他身着平日的旧长袍,右手衣袖上还有一处挂破的地方,兵士们来抓他们的那天早上,他还没有来得及缝补。但是,他脖子上系着一条奇怪的红围巾。

王浮一边继续作画,一边轻声对他说:

"我还以为你死了呢。"

"您活着，我如何能死？"凌恭敬地说。

他搀扶师傅登上小舟。玉石的天花板倒映在水中，看上去凌仿佛在一个洞穴里穿行。朝臣们淹没在水中，他们的发辫像一条条蛇在水面游动，而皇帝苍白的脑袋漂浮在水上，犹如一朵莲花。

"看，徒弟，"王浮怅然地说。"这些不幸的人快要死了，说不定他们已经死了。我想不到海里竟然会有这么多水，连皇帝也可以淹死。怎么办？"

"不要怕，师傅，"徒弟低声说。"水很快就会退去，他们甚至都记不起来自己的衣袖曾经沾湿过。唯有皇帝还会隐约记得海水咸涩的滋味。这些人生来就不是为了消失在一幅画中。"

他接着说：

"大海壮美，和风习习，海鸟在筑巢。出发吧，师傅，去那波涛之外的国度。"

"出发吧"，老画家说。

王浮紧握船舵，凌俯身划桨。桨声的节奏重又充满整个大殿，有力而均匀，如同心脏的跳动。水面在不知不觉中下降，高耸的峭壁重又变成柱子。很快，只在碧玉地砖的低凹处还剩下几个水洼闪光。大臣们的朝服已经干了,只有皇帝的黄袍流苏上还留着几点泡沫。

王浮已经完成的画轴留在矮几上。近景是一叶轻舟。它渐渐远去,身后划开一条细细的水流,水流渐渐合拢,大海复归平静。小船上坐着两个人,人们已经分辨不清他们的面孔。但是大家还依稀看见凌的红围巾,还有王浮的胡须在风中飘扬。

船桨的振动越来越弱,然后停歇了,远得听不见了。皇帝朝前探着身子,手搭凉棚,看着王浮乘坐的小船渐渐远去,变成黄昏薄暮中不易察觉的一个小圆点。一股金色的雾气升起,弥漫海面。最后,在通向大海的入口处,小舟绕着一块礁石转个弯,划进一片峭壁的阴影;空旷的水面上,小舟划出的水痕隐没了,画家王浮和他的弟子凌,永远消失在他刚刚画出来的万顷碧波之中。

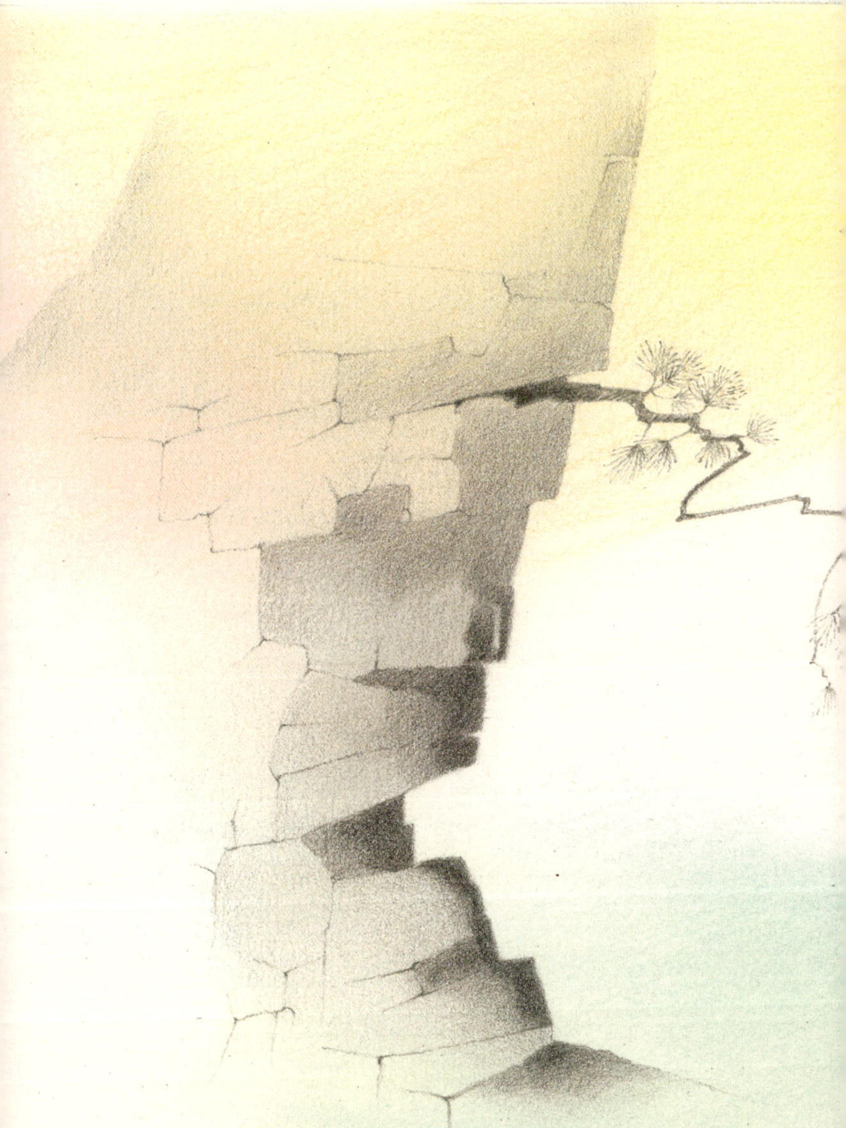

Le sourire de Marko

马尔科的微笑

邮船在光滑的水面上懒洋洋地漂流，宛如一只被丢弃的水母。一架飞机发出震耳欲聋的轰鸣，仿佛一只被激怒的昆虫，在峭壁之间的狭窄天空上盘旋。这是一个美好的夏日，黑山境内的阿尔卑斯山余脉上长着稀疏的树木，正午刚刚过去，太阳已经消失在光秃秃的山脊后面了。早上，外海还是一片湛蓝，此刻，在巴尔干半岛的边缘部分，这个形状怪异、蜿蜒曲折的峡湾里，海面变得阴沉了。这里外形朴实、低矮的民居，爽快开朗的农民，已经呈现出斯拉夫风格，然

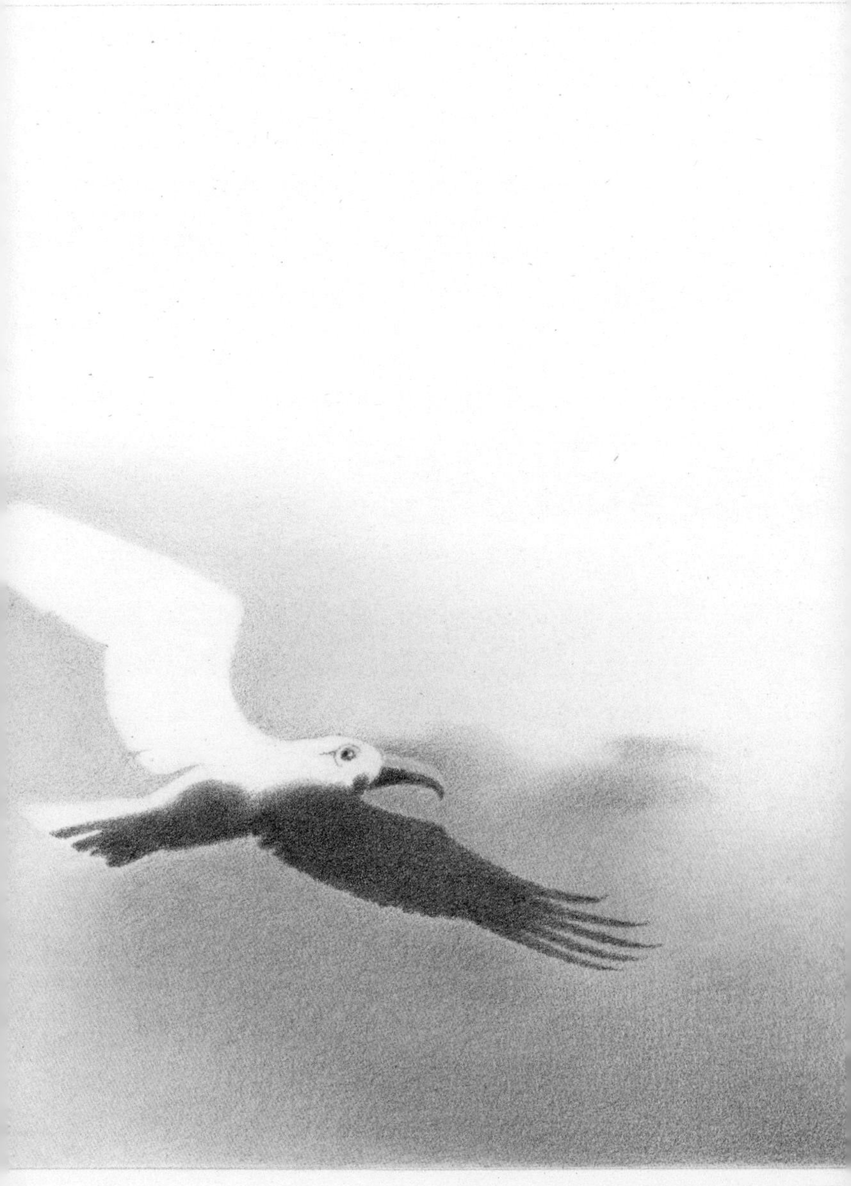

而色彩里蕴含的狂暴，一碧如洗的天空透露出的高傲，仍然令人想起东方和伊斯兰世界。大多数乘客已经上岸，在向身着白色制服的海关职员说明情况，旁边还有气宇轩昂的士兵，佩戴着三角匕首，如军中天使[1]一样俊美。希腊考古学家、埃及帕夏和法国工程师留在顶层的甲板上。工程师要了一杯啤酒，帕夏喝着威士忌，考古学家则啜着一杯柠檬冷饮。

"这个国家令我心情激荡"，工程师说。"这个从巴尔干半岛绵延至乌拉尔山脉的斯拉夫大国，仅有科托尔[2]和拉古萨[3]两个通往地中海的口岸，这个国家无视不断变化的欧洲版图，毅然转身背朝大海，大海只能通过里海、芬兰和黑海那些复杂的海峡，以及达尔马提亚海岸进入这个地区。在这片人类休养生息的辽阔大陆上，无比多样的种族构成并未损害他们在整体上共同的神秘特性，如同形态各异的波浪并不会

---

1 《圣经·旧约》中"军中天使"指的是上帝派去向征战中的犹太人传令的使者，文学作品中常用来比喻宗教信仰必胜的力量。——译注（以下如无特别说明，均为译注）
2 黑山海滨城市。
3 克罗地亚海滨城市，今名杜布罗夫尼克。

打破大海威严的单调。但此刻引起我兴趣的，既不是地理，也不是历史，而是科托尔。他们将科托尔称作卡塔罗海峡口[1]……从我们这艘意大利邮船的甲板上望出去，科托尔野性十足，她隐藏在通往采蒂涅[2]的曲折道路后面，跟在斯拉夫传说和武功歌中同样粗野。科托尔是个异教城市，她从前生活在阿尔巴尼亚穆斯林的桎梏之中，帕夏，您能理解，塞尔维亚人的史诗对穆斯林并不总是那么公正。还有您，卢基亚迪斯，您熟知历史，如同农夫对他的农庄了如指掌，您不会告诉我未曾听说过马尔科·克拉列维奇吧？"

"我是考古学家"，希腊人答道，一边放下手中的柠檬水。"我的知识仅限于雕刻过的石头，而您的塞尔维亚英雄们则是血肉之躯。话说回来，我对这位马尔科也颇感兴趣，在远离他的传说盛行的地区，我发现过他的踪迹，那是一块纯粹属于希腊的土地，尽

---

[1] 十五世纪早期至十八世纪末，科托尔属威尼斯管辖，卡塔罗是科托尔的意大利语名称。卡塔罗海峡口是黑山西海岸朝向亚得里亚海的一个海湾，周围高山环绕。
[2] 黑山西南部城市，为历史文化重镇。

管虔诚的塞尔维亚人也在那里修建了相当漂亮的修道院……"

"在阿索斯山[1]",工程师打断他的话。"马尔科·克拉列维奇巨大的遗骨长眠在这座圣山的某个地方。那里还保持着中世纪的原样,发生变化的也许只有灵魂的数量,今天,六千个挽着发髻、长须飘飘的僧侣仍然在为他们虔诚的保护人特雷比宗德[2]的统治者们祈祷,然而这个家族的血脉恐怕几百年前已经断绝了。遗忘没有我们以为的那样来得迅疾和彻底,想到在世上的某个地方,十字军东征时代的一个王朝至今仍然活在几个老修士的祷告里,不免令人感到宽慰!假如我没有记错的话,马尔科是在对抗奥斯曼土耳其人的一场战役里死去的,在波斯尼亚或者克罗地

---

1 位于希腊马其顿地区阿克蒂半岛顶端,山上建有多座修道院,被称为"圣山"。
2 今名特拉布宗,系根据土耳其语发音。土耳其北部城市,濒临黑海,十三至十五世纪之间,该城是特雷比宗德帝国的首都,居民以希腊人为主。1461年,奥斯曼土耳其帝国征服特雷比宗德帝国,后者的统治者拒绝皈依伊斯兰教,终遭灭门。

亚，但他最后的愿望是被安葬在这个东正教世界的圣地，一艘小船突破了东面大海上的重重暗礁和土耳其双桅战船的伏击，成功地将他的遗体运到阿索斯山。一个动人的故事，我不知道什么原因，它让我想起亚瑟王的最后一次渡海[1]……

"西方不乏英雄人物，但是他们似乎被拘禁在自己的原则框架之中，好比中世纪的骑士被束缚在铁制铠甲之内；但是在这位粗野的塞尔维亚人身上，我们看到了本色英雄。马尔科扑向土耳其人时，后者可能感觉像是一条山脉向自己倒下。我前面说过，那时黑山还属于伊斯兰世界：塞尔维亚人只有一些散兵游勇，还不足以与穆斯林公开争夺茨尔纳戈拉[2]的主宰权，茨尔纳戈拉就是黑山，这个国家的名字就来源于此。在异教徒统治的国家里，马尔科·克拉列维奇跟那些假装皈依的基督徒暗中保持着联系，他们中有心怀不满的政府官员，有地位和性命岌岌可危的权贵；

---

1 传说亚瑟王在讨伐叛军的卡姆兰之役中身负重伤，垂危之际被送往神秘的阿瓦隆岛，并葬于岛上。
2 即"黑山"一词的当地语言音译。

他越来越迫切地感到要与这些同谋者直接接洽。但是他身材高大，很难假装成乞丐或盲人乐手混进敌人的地盘，扮成女人也不行，尽管他俊美的长相原本可以：他的影子比一般人长得多，一下子就会被认出来。也无法想象将一只小船停泊在海岸边某个荒凉的角落：沿岸峭壁上遍布无数岗哨，士兵往来巡查，马尔科孤身一人，又漫不经心，不敢贸然行事。然而，只要能看见小船的地方，一名游水好手就可以藏身，只有鱼儿才知道他在两条水道之间的踪迹。马尔科能让波浪俯首帖耳；他跟伊萨克岛上的古代邻居尤利西斯一样善于戏水。他也能令女人着迷：他常常通过海里迷宫般的航道来到科托尔的一所木屋脚下，房屋很破旧，在海浪的冲击下摇摇欲坠；斯库台[1]总督的遗孀在那里夜夜梦见马尔科，朝朝等候他的到来。她用油揉搓他被轻柔的波浪冻得冰凉的身体；她瞒着女佣们在床上把他捂热；她还为他与同伙们的夜间会晤提供便利。早上天刚蒙蒙亮，她就下楼来到空无一人的

1　位于今天阿尔巴尼亚西北部。

厨房里，为他准备他最喜欢的饭菜。他并不喜欢她沉甸甸的乳房，粗笨的大腿，在额头中正连成一线的眉毛，还有，她跟其他中年妇人一样，对爱情既狂热又多疑；他跪下来画十字的时候，她要咩一下口水，他看在眼里，压住心头的怒火。一天，就在马尔科准备游泳回到拉古萨的前一夜，寡妇跟往常一样下楼为他做饭。她的眼泪簌簌地流下来，让她不能像往常一样精心烹调；算她倒霉，她端了一盘煮过火的小羊肉上楼。马尔科刚喝了酒；他的耐心留在酒壶底了：他用沾满汤汁的油腻腻的双手揪住她的头发，叫喊道：

"'该死的母狗，你竟想让我吃百岁老母羊吗？'

"'这可是一只嫩羊'，寡妇回答道。'是整个羊群里最幼小的一只。'

"'它跟你身上的巫婆肉一样咬不动，它跟你一样有一股难闻的膻味儿'，喝醉了的年轻基督徒说道。'但愿你跟它一样到地狱里下锅煮！'

"窗户敞开着，朝向大海，他将杂烩羊肉一脚踢了出去。

"寡妇默默地洗干净油腻腻的地板，又洗干净自己泪水模糊的脸。她表现得跟前一天一样温柔，一样热烈；天刚亮，北风开始在海湾里掀起阵阵浪涛，她和和气气地建议马尔科等些时候再走。他答应了：中午烈日当头，他又躺下睡午觉。醒来后，他走到窗前伸伸懒腰，密密的百叶窗让路人看不见他，但是他看见土耳其弯刀在闪闪发光：一队士兵将屋子包围了起来，封锁了所有出口。马尔科冲到阳台上，那里高悬于海面之上：一阵阵大浪撞向岩石，被击得粉碎，发出天空中雷鸣般的巨响。马尔科扯掉衬衫，一头扎进汹涌的大海，没有一艘小船敢冒同样的风险。高山在他身下滑走；他在高山下面滑走。士兵们在寡妇的带领下将屋子搜了个遍，没有找到任何这位消失的年轻巨人的踪迹；最后，撕烂的衬衫和被撞破的阳台栅栏才让他们明白过来；他们大叫大嚷着冲向海滩，充满恼恨和惊惧。每一次猛烈的波浪在他们的脚下飞溅，他们都不由自主地往后退；他们觉得阵阵狂风好比马尔科的笑声，肆无忌惮的泡沫好比马尔科啐在他们脸上的唾沫。整整两个钟头过去了，马尔科奋力划水却未能前进半步；敌人们瞄准他的脑袋，风却让他们的梭镖偏离了方向；只见马尔科在同一个绿色的浪峰下面一会儿消失，一会儿浮现。最后，寡妇将她的披肩牢牢地拴在一个阿尔巴尼亚人柔软的长腰带上；一位老练的金枪鱼捕手终于用这个丝绸套索套住了马尔科，就这样将被勒得半死的游水者拖上了海滩。马尔科在故乡的山上打猎时，多次见过动物装死，以避免一下子被结果；他本能地想起模仿这个诡计：土耳其人将这个脸色铁青的年轻人拖上岸时，他浑身冰冷僵硬，仿佛一具已经死去三天的尸体；沾满泡沫的头发贴在他凹陷的额角上；双眼一眨也不眨，再也反射不出无垠的天空和夜晚；他的嘴唇沾上了海水的盐渍，贴在紧闭的颌骨上；双臂无力地悬垂着；厚实的胸脯让人听不见他的心跳。村里的年高德劭者们朝马尔科俯下身去，他们长长的胡须摩挲着他的脸庞，随后，他们全都抬起头来，齐声喊叫道：

"'安拉！他死了，像一只腐烂的土拨鼠，像一条断了气的狗。把他扔进大海吧，让大海洗涤污物，不要让他的尸体玷污我们的土地。'

"然而，狠心的寡妇哭了起来，接着她又笑了：

"'一场风浪可不能将马尔科淹死',她说,'一个绳结也不能将他扼死。'你们看他这个样子,但是他没有死。如果你们把他扔回海里,就像他曾经迷惑我这个可怜的女人那样,他就会迷惑波浪,波浪会将他带回家乡。去拿钉子和铁锤;把这条恶狗钉死,就像他的上帝被钉死那样,他的上帝这次可没法来救他了。你们看看他的膝盖会不会痛得扭曲,他该死的嘴会不会发出叫喊。'

"刽子手们从一个修船工的台子上拿来钉子和铁锤,他们钉穿了年轻塞尔维亚人的双手,在他的双脚上打满钉子。尽管身受酷刑,他的身体仍然纹丝不动;他的脸看上去毫无知觉,没有发出丝毫颤动,就连从伤口渗出的血滴也缓慢而稀少,因为马尔科能够控制自己的动脉,就像他能够控制自己的心脏。这时,最年长的显贵将手中的铁锤远远地扔开,悲叹道:

"'真主宽恕我们吧,竟然如此折磨一个死者!我们在这具尸体的脖子上绑一块大石头,让深渊埋葬我们的过错吧,让大海不要将他带回给我们。'

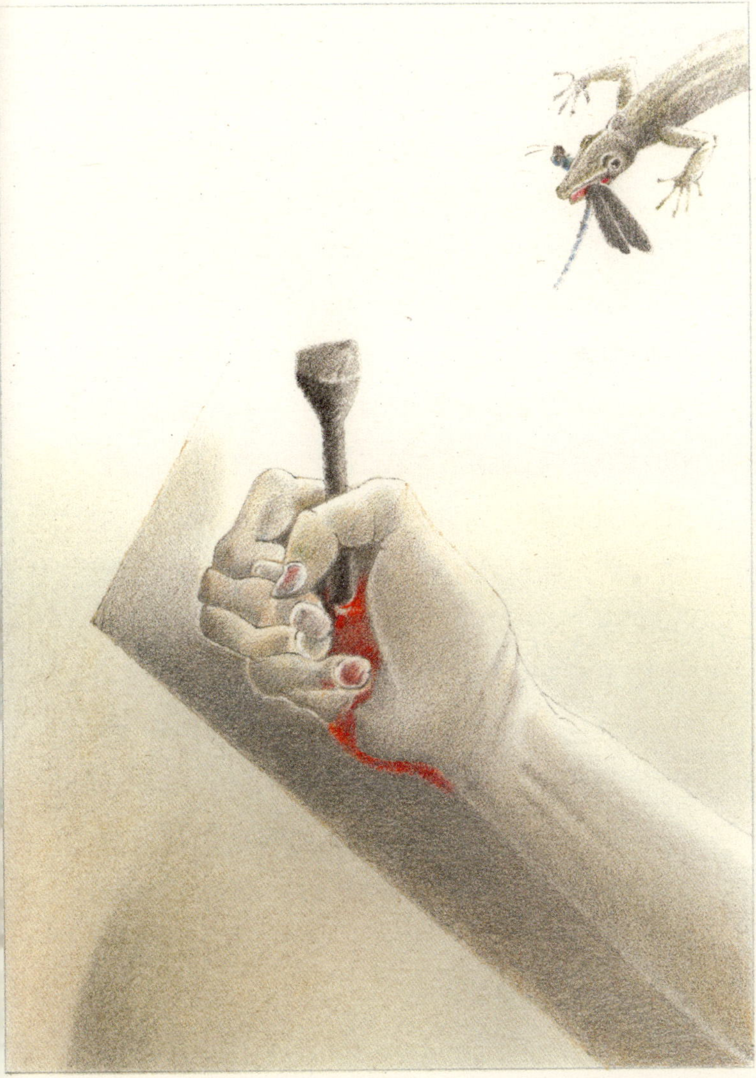

"'一千颗钉子和一百把铁锤也不能将马尔科·克拉列维奇钉死',狠心的寡妇说。'去拿炽热的火炭,放在他的胸口上,你们看看他会不会痛得扭来扭去,就像一条赤条条的大毛毛虫。'

"刽子手们从一个捻缝工的炉膛里取来火炭,在游水者被海水浸泡得冰凉的胸前烙了一个大圆圈。木炭燃烧起来,然后熄灭了,变黑了,就像枯死的红玫瑰。火苗在马尔科的胸前勾勒出一个炭黑色的大圆环,如同巫师跳舞后在草地上留下的圆圈,但是小伙子没有发出呻吟,他的眼睫毛一根也没有颤动。

"'安拉',刽子手们说,'我们犯下了罪孽,因为只有神才有权对死者处以刑罚。他的侄子们和族亲的儿子们会来责问我们,为何对他施加这样的凌辱,我们应该将他埋在一个装着半袋大石头的口袋里,这样大海也不会知道我们喂她吃的是什么人的尸体。'

"'该死的家伙',寡妇说,'他会用胳膊捅破口袋,把石头通通扔出来。不如把村里的年轻姑娘们叫来吧,命令她们在沙滩上围成一圈跳舞,让我们看看爱情是不是能继续折磨他。'

"人们将姑娘们叫来;她们急急忙忙穿上节日的盛装;她们带上铃鼓和笛子;她们在尸体周围站成一圈,手拉手跳起舞来,领舞者手里拿着红手帕,是其中最美的一位姑娘。深棕色的头发,白皙的颈脖,她比同伴们高出许多;她像幼鹿一样跳跃,像鹰隼一样飞翔。马尔科一动不动,任由姑娘的赤脚从自己身体上轻轻擦过,然而他的内心开始萌动,心跳越来越快,越来越乱,他的心脏跳动得如此强烈,以至于他担心围观的人们全都能听见;况且,不由自主地,他的唇边浮现出一丝幸福得近乎痛苦的微笑,他的嘴唇翕动起来,似乎想要亲吻。幸而黄昏的光线慢慢暗了下来,刽子手们和寡妇还未察觉这一丝生命的迹象,但是哈侬夏那双明亮的眼睛一直注视着小伙子的脸庞,因为她觉得很美。突然,她让手中的红手帕掉下来遮住这个微笑,她用骄傲的语气说:

"'我可不愿意当着一个死去的基督徒毫无遮挡的脸跳舞,因此我要盖住他的嘴,不然我一看见就会害怕。'

"但是她继续跳舞,以便分散刽子手们的注意力，同时也等待着祈祷的时刻到来，到时他们就不得不离开海滩。终于，宣礼塔上面有人在喊，礼拜神的时辰到了。男人们朝粗糙、简陋的小清真寺走去；疲惫的姑娘们也趿着拖鞋往城里走；哈侬夏一边往前走，不时掉头回望；只有多疑的寡妇一个人留在沙滩上看守假尸体。马尔科倏地直起身来；他用右手拔掉左手上的钉子，抓住寡妇的红头发，把钉子钉在她的喉咙上；接着，他用左手拔掉右手上的钉子，钉在寡妇的额头上。然后，他拔掉扎穿双脚的两块石头刺，顺手将寡妇的眼睛剜掉。刽子手们赶回来时，只见沙滩上有一具老女人抽搐的尸体，赤裸的英雄躯体不见了踪影。海上已经风平浪静；游水者已经消失在波涛之中，挤满人的小船只能无望地搜寻。不用说，马尔科夺回了他的国家，带走了唤起他微笑的那位美丽姑娘。然而，令我感动的既不是他的荣耀，也不是他们的幸福，而是那种美妙而委婉的表达方式，是那个忍受酷刑的人嘴角上的微笑，对他而言，欲望才是最甜美的酷刑。请看：夜幕降临了；我们几乎可以想象，在科托尔的海滩上，通红的火炭发出亮光，一小群刽子手忙前忙后，姑娘跳着舞，小伙子无法抵御她的美貌。"

"一个奇怪的故事"，考古学家说。"您给我们讲述的可能是新近的版本。这个故事应该还有另外一个版本，更早的一个。我去打听打听。"

"您也许弄错了"，工程师说。"去年冬天我住在那个村子里，负责为东方快车开凿一条隧道，我只是原封不动地向你们转述了从农民们那里听来的故事。卢基亚迪斯，我无意中伤你们的希腊英雄：他们盛怒之下就待在帐篷里闭门不出；他们为战死的朋友痛哭流涕；他们倒拖着敌人的尸体，围绕攻克的城池转上几圈。然而，请相信我，《伊利亚特》里缺少一篇阿喀琉斯的微笑[1]。"

---

[1] 荷马史诗《伊利亚特》以"阿喀琉斯的愤怒"开篇，即阿喀琉斯与希腊联军统帅阿伽门农发生争执，拒不出战。阿喀琉斯的好友帕特罗克勒斯披挂他的铠甲替他上阵，死于特洛伊主将赫克托耳之手。阿喀琉斯悲痛欲绝，方重返战场，杀死赫克托耳，并将后者的尸体倒挂绑在战车上拖回希腊军队营地，后又拖着在帕特罗克勒斯墓旁绕圈。此处"阿喀琉斯的微笑"，是对"阿喀琉斯的愤怒"的戏拟和微讽。

Le lait de la mort

死者的乳汁

络绎不绝的游客在拉古萨的大街上形成一条灰褐色的长龙；装饰着绸带的帽子、宽大的绣花外套在店铺门前随风晃动，让旅行者们眼睛发光，他们中有的在寻觅廉价的礼物，有的在寻觅船上化妆舞会的服饰。天气很热，仿佛只有地狱才会这样热。黑塞哥维那寸草不生的群山投射的反光，让拉古萨始终处于炽热之中。菲利普·迈尔德走进一家德国啤酒馆，几只大苍蝇在闷热幽暗的店堂里嗡嗡作响。反常的是，这家餐馆的露台朝向亚得里亚海，谁也想不到会在市中心的这个地方看见大海，但是这抹突然出现的蓝色除了给五颜六色的集市广场再添一种色彩，似乎别无他用。一堆臭鱼烂虾发出阵阵腥臭，吸引来一群羽毛白得刺眼的海鸥。海上没有一丝风吹来，与菲利普同舱的工程师于勒·布特兰正坐在一张锌皮小圆桌旁喝饮料，他头顶上火红的遮阳伞，远远看去宛若一只漂浮在海上的大橙子。

"老朋友，再给我讲个故事吧"，菲利普说着，一屁股瘫坐在椅子上。"面朝大海，我需要一杯威士忌和一个故事……一个最美、最不可信的故事，让我忘掉刚才在岸上买的报纸上那些爱国主义的、相互矛盾的谎言。意大利人辱骂斯拉夫人，斯拉夫人辱骂希腊人，德国人辱骂俄国人，法国人呢，既骂德国人，也骂英国人。人人都有道理，我想恐怕是这样。我们谈谈其他事情吧……昨天您去斯库台做什么了，您满怀好奇要去那里是为了亲眼看看什么涡轮机吗？"

"什么也没有做"，工程师说，"除了去看一眼进展不顺利的水库工程，我白天的时间都用来寻找一座塔楼。我听很多塞尔维亚老妇人给我讲述过斯库台塔楼的故事，我感到有必要去找找那些有缺口的砖，去查看一下是否像人们言之凿凿的那样，塔上有一道白色的痕迹……然而，岁月、战争还有周边那些想加固自己农场院墙的农民，早已一砖一石地拆掉了这座塔，有关它的记忆只留存在故事里……说到这里，菲利普，您是不是很幸运，有一位人们所谓的好母亲呢？"

"奇怪的问题"，年轻英国人漫不经心地说，"我母亲漂亮，苗条，爱化妆，就像橱窗的玻璃一样坚硬。我还能说什么？我跟她一起出门时，别人还以为我是她的哥哥。"

"是这样的。您跟我们所有人一样。竟然有傻瓜宣称我们这个时代缺乏诗意，好像这个时代没有超现实主义者、预言家、电影明星和独裁者。相信我，菲利普，我们缺少的是实实在在的东西。丝绸是人造的，那些可恶的合成食品就像人们塞在木乃伊嘴里的仿冒食物，那些为避免祸患和衰老而绝育的女人无异于停止了生存。只有在那些尚未完全开化的地区，他们的传说中还有乳汁丰美、泪水充盈的妙人儿，让人身为她们的孩子而感到骄傲……我在什么地方听说过，一位诗人无法爱上任何女人，只因他前世曾与安提戈涅[1]相遇？一个像我这样的人……从安德洛玛克[2]到格丽西达[3]，几十位母亲和情人的形象让我变得挑剔，不会将那些摔不碎的洋娃娃当作现实。

"我希望有伊索尔德[4]那样的情人，美丽的奥德[5]那样的姐妹……是的，但是我理想中的母亲是阿尔巴尼亚传说中一个娇小的女人，她是这一带一个年轻小国王的妻子……

---

1. 希腊神话中的人物，忒拜国王俄狄浦斯的女儿，是一位勇敢坚毅的女性。索福克勒斯有两部关于安提戈涅的剧本传世。
2. 希腊神话中的人物，特洛伊英雄赫克托耳的妻子，是一位坚贞的妻子和勇于牺牲的母亲。荷马史诗中记述过她的故事，十七世纪法国悲剧作家拉辛也写过名剧《安德洛玛克》。
3. 薄伽丘《十日谈》中的人物，是谦恭温顺遵守妇德的典范，后来彼特拉克和乔叟都曾改编过这个故事。
4. 瓦格纳的歌剧《特里斯坦与伊索尔德》中的爱尔兰公主，该剧部分取材于中世纪凯尔特人的传说《特里斯坦与伊瑟》。
5. 法国英雄史诗《罗兰之歌》中的人物，是主人公罗兰的未婚妻，也是罗兰的亲密战友奥里维耶的妹妹。

"他们是兄弟三人,一起修建一座塔楼,以便从那里可以瞭望土耳其盗贼。兄弟三人亲力亲为,也许因为劳力稀缺,要不然就很贵,也因为他们都是能干的农民,只信得过自己的双手,他们的妻子则负责轮流送饭。然而,每次他们即将大功告成,只剩将一束草放到屋顶上时,夜风和山里的女巫们就将塔楼掀翻,就像上帝设法让巴别塔倒塌那样。一座塔倒塌的原因很多,人们可以怪罪工人太笨拙,土地不适宜,或者用来粘石块的灰浆不足量。然而塞尔维亚、阿尔巴尼亚和保加利亚农民却认为,这样的灾祸只有一个原因:他们知道房子倒坍是因为没有在地基里关进一个男人或女人,这个人的骨架会支撑起这座沉重的石头肉体,直至最后审判之日。在希腊的阿尔塔,有人会指一座桥给你看,一位少女被砌进了墙里:她的一缕头发从墙缝里露出来,悬在水面好似一株金黄的水草。三兄弟就此带着狐疑的眼光彼此打量,都注意不要将自己的影子投射到未完工的墙上,因为如果没有活人,也可以将黑色的人影砌进正在建造的房子里,影子也许就是人的灵魂,而那个影子被囚禁起来的人，就会像不幸的失恋者那样死去。

"晚上，三兄弟都尽可能坐得离火远一点，担心有人从背后悄悄走过来，用布袋罩住自己的影子，随后将影子像被扼得半死的黑鸽子一样带走。他们的劳动热情日渐消退，不是疲惫，而是焦虑让他们晒黑的额头布满汗珠。终于有一天，大哥将两个弟弟叫到身边，对他们说：

"'弟弟们，血脉、乳汁和洗礼让我们成为兄弟，倘若我们的塔楼不能建成，土耳其人又会溜到这个湖的岸边，藏在芦苇后面。他们会奸淫我们农庄里的姑娘；他们会烧掉我们田里来年的面包；他们会将我们的农民钉在果园里的稻草人上，让他们变成乌鸦的诱饵。兄弟们，我们相互依傍，不可能让三叶草献出任何一片叶子。好在我们三个的妻子都既年轻又健壮，她们的双肩和美丽的颈背早已习惯负重。兄弟们，我们不用作任何决定：偶然是上帝的傀儡，让它来替我们作出选择吧。明天拂晓，谁的妻子轮到来为我们送饭，我们就将她抓住，砌进塔楼的地基里。我只要求你们保持一夜的沉默，弟弟们啊，你们拥抱自

己的妻子时,不要又抹泪又叹气,说到底,她们都有三分之二的运气到明天落日时分仍然活着.'

"他这样说倒是轻巧,因为他私底下厌恶自己年轻的妻子,一心想甩掉她,迎娶一个棕红色头发的漂亮希腊姑娘。老二没有提出异议,因为他早已拿定主意,一回家就给他的妻子通风报信,只有小弟表示反对,因为他一向言而有信。但是两位兄长的慷慨无私感动了他,眼看他们为了共同的事业而甘愿放弃自己在世上最珍爱的人,小弟被说服了,答应整夜不出声。

"黄昏时分,落日的幽灵还在田野里游荡,他们回到宿营地。老二一回到自己的帐篷就大发脾气,粗声粗气地命令妻子帮他脱下靴子。妻子刚在他面前蹲下来,他就将鞋子朝她扔过去,大声说:

"'这件衬衫我已经穿了整整一个星期,星期天就要到了,我却连一件漂亮的白衬衫都没有。该死的懒婆娘,明天一破晓,你就带上洗衣篮去湖边,跟你的刷子和棒槌一起,在那里一直待到天黑。哪怕你离开湖边寸步,你就死定了.'

"年轻女人战战兢兢，允诺第二天整天都用来洗衣服。

"老大回到家里，拿定主意对他的管家婆守口如瓶，这个女人的亲吻令他腻烦，她臃肿的美态也不再讨他的欢心。但是老大有一个毛病：他爱说梦话。这天夜里，丰腴的阿尔巴尼亚女人睡不着觉，因为她在想什么事惹老爷生气了。突然，她听见丈夫一边往自己身上拉被子，一边嘟嘟囔囔地说：

"'心肝，我的小心肝，你很快就成鳏夫了……只等塔楼的砖头将这个黑婆娘与你分开，你就可以享受清静了……'

"然而，小弟回到自己的帐篷，脸色苍白，一副逆来顺受的样子，好像他在路上撞见了死神，死神肩上扛着镰刀，正准备去收割。他亲吻了躺在柳条摇篮里的孩子，他温柔地将年轻妻子揽在怀里，整整一夜，她都听见他紧靠在自己胸前啜泣。但是年轻女人审慎得体，没有问丈夫为何如此伤心，因为她不愿强迫他说出心中的秘密，她不必知道他难过的原因也一样可以安慰他。

"翌日，兄弟三人带上镐头和榔头，朝塔楼出发了。老二的妻子准备好洗衣篮，来到大嫂的面前跪下：

"'姐姐'，她说，'亲爱的姐姐，今天本该轮到我给男人们送饭，但是我丈夫命令我去洗他的白布衬衫，否则就会要我的命，我的洗衣篮已经装得满满的了。'

"'妹妹，亲爱的妹妹'，大哥的妻子说，'我倒是很愿意去为我们的男人送饭，可是昨晚一个魔鬼钻进了我的一颗牙……哎哟哟，我只顾得上喊牙疼了……'

"然后她双手拍掌，毫不客气地将老三的妻子叫到跟前：

"'我们小弟的妻子'，她说，'亲爱的小弟的妻子，你替我们去给男人们送饭吧，因为路途遥远，我们双脚乏力，我们也没有你那样年轻和灵巧。去吧，亲爱的小妹妹，我们会在你的篮子里装满美味佳肴，让男人们见到你都露出笑容，是你让他们不再挨饿。'

"篮子里装满了用蜂蜜和柯林斯葡萄腌制的湖鱼，裹在葡萄叶里的饭团，绵羊奶酪和盐渍杏仁蛋糕。年轻女人将自己的孩子温柔地托付给两位嫂子，就上路了。她独自一人，头顶沉重的篮子，她的命运像一面祝福牌，挂在她的脖子上，不为凡人所见，不过上帝自己也许已经在上面镌刻了她命中注定的死法，以及她在天上的位置。

"三兄弟老远就看见人影，但还分辨不出小小的面孔，他们朝她跑去，两个兄长担心自己的计谋未能成功，小弟则在祈祷上帝。老大看见来者不是他的黑婆娘，暗暗诅咒神灵，老二高声感谢上帝放过了他的洗衣妇。然而，老三跪倒在地，双臂抱住年轻女人的腰，呜咽着请求她原谅。随后，他跪着走到两位兄长跟前，哀求他们发发慈悲。最后，他站起身来，抽出刀，刀刃在太阳下闪闪发光。突然，他后颈上挨了重重一记榔头，摔倒在路边，奄奄一息。年轻女人惊恐万状，篮子从她头上滑落下来，撒落一地的食物将成为牧羊犬的盛宴。她明白过来是怎么回事时，向苍天举起双手：

"'兄长啊，我从未对你们有失尊敬，是婚戒和神父的祝福让你们成为我的兄长，不要让我死去，你们不如去告诉我的父亲，他是山里的族长，他会给你们一千名可以用来祭祀的女仆。不要杀死我：我多么想活下去。不要用厚厚的石头将我和我的心上人分开。'

"突然她不作声了，因为她看见自己年轻的丈夫躺在路边，连眼皮也不动了，他黑色的头发上沾满脑浆和鲜血。于是，她不再哭喊，也不再流泪，任由两位兄长将她领到塔楼的环形围墙上挖好的壁龛里：既然她自己也将要死去，她也就不用再哭了。但是，有人将第一块砖头放到她穿着红色凉鞋的双脚前时，她想起了自己的孩子，他喜欢轻轻咬她的鞋子，就像一只顽皮的小狗。两行热泪顺着她的脸颊滚落下来，跟抹刀上正用来填平石头的灰浆混在一起：

"'唉！我小巧的双脚'，她说，'你们再也不会把我带到山冈顶上，让我将身体早些呈现在我的心上人眼前。你们再也体会不到水流的清凉；复活节的早上，只有天使会来清洗你们。'

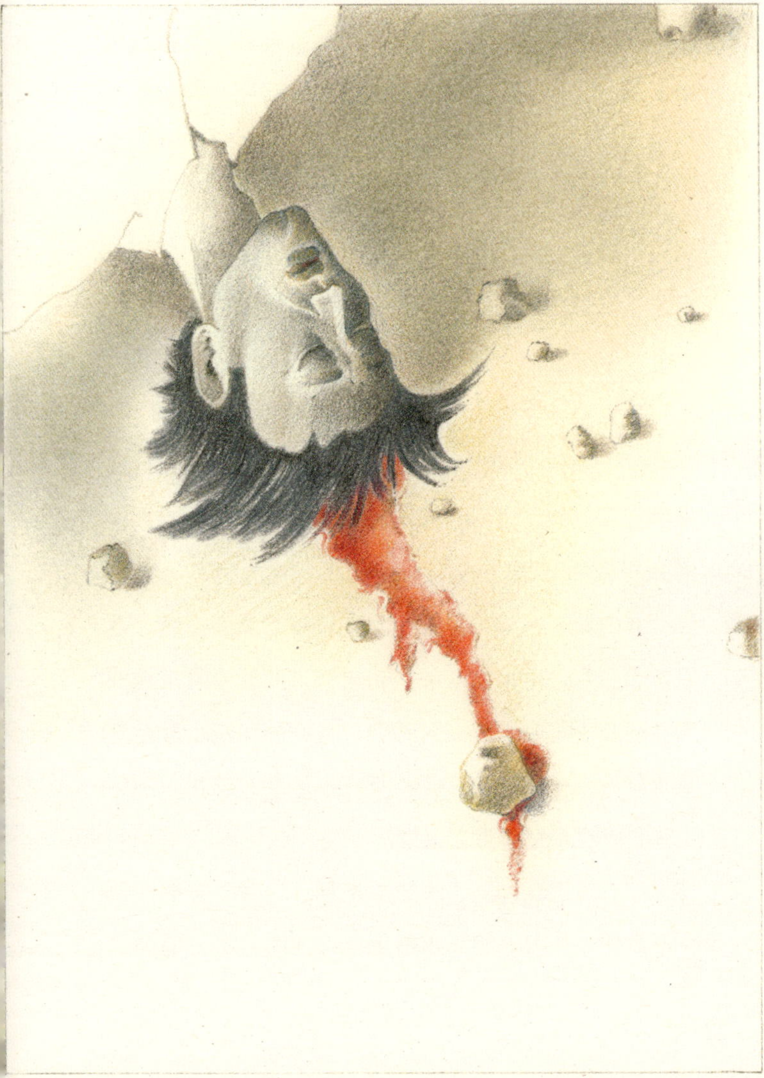

"砖石砌成的矮墙已经到了她盖着金色衬裙的膝盖。她挺直腰板站在壁龛里，看上去就像马利亚站在自己的神龛后面。

"'永别了，我亲爱的双膝"，少妇说道。'你们再也不能摇晃我的孩子了；果园里那棵美丽的树，果实累累又遮荫蔽日，我再也不能坐在树下，让你们装满美味的果实。'

"那堵墙又往上砌了一点，少妇继续说：

"'永别了，我亲爱的小巧的双手，你们垂在我的身旁，你们再也不会煮饭，再也不会捻羊毛，再也不会将我的心上人缠绕。永别了，我的腰肢，还有你，我的肚子，你再也尝不到生育和欢爱的滋味。我原本会带到这个世上来的小孩子们，我还没有来得及为我的独生子生下的小兄弟们，你们会在这个既是监牢也是坟墓的地方陪伴我，我会在站立在这里，不休不眠，直至最后审判之日。'

"石墙已经砌到了少妇的胸部。这时，一阵战栗传遍她的上半身，她哀求的眼神好比两只手往前伸的动作。

"'两位兄长',她说,'不是看在我,而是看在你们死去的弟弟的份上,为我的孩子着想吧,不要让他饿死。两位哥哥,不要把我的胸脯封上,让我绣花衬衫下面的两只乳房还能喂奶,让人每天黎明、正午和黄昏把我的孩子带来。只要我的生命还剩下几滴汁液,它们就会流到我的乳头上,哺育我生下的孩子,如果哪一天我的乳汁枯竭了,他就会啜饮我的灵魂。请你们答应吧,狠心的兄长,如果你们这样做,我和我亲爱的丈夫在上帝那里遇见你们的时候,就不会责备你们。'

"两个哥哥惶惶不安,答应满足少妇这个最后的心愿,在她胸部的位置留下两块砖的缺口。这时,少妇喃喃低语道:

"'亲爱的兄长,用你们的砖把我的嘴封上,因为死者的亲吻会让活人害怕,但请你们在我的眼睛前面留下一条缝隙,以便我能看见我的乳汁是否滋养了我的孩子。'

"他们按她说的做了,在她眼睛的位置留下了一条横向的缝隙。黄昏来临,在她平常给孩子喂奶的时间，有人把孩子送来了，来人穿过尘土飞扬的大路，路边低矮的灌木被山羊啃过了。受难的女人看见保姆到来，发出惊喜的叫声，连声祝福两位兄长。丰沛的乳汁从她坚挺温热的乳房里涌出，当她爱如心肝的孩子贴在她胸前睡着时，她唱起歌来，但是砖墙的厚度减弱了她的声音。孩子放开乳房时，她命人将他带回宿营地睡觉，然而，轻柔的歌声整夜都在星空下回旋，这只从远处传来的摇篮曲足以让孩子不啼哭。第二天，她不唱歌了，而是用微弱的声音询问瓦尼亚是否睡得安稳。接下来的一天，她不出声了，但她仍然在呼吸，因为她的乳房还在缺口处不易察觉地随着呼吸起伏。又过了几天，她的呼吸跟声音一样消失了，然而她纹丝不动的乳房里仍然流淌出甜美的汁液，在她胸前睡着的孩子仍然能听见她心脏的跳动。后来，这颗与生命保持密切节拍的心脏减缓了跳动。她幽怨的双眼也熄灭了，犹如星空投射在干涸的蓄水池里，人们从缝隙里只能看见两颗玻璃珠一般的眼珠，再也不会望向天空。这两颗眼珠也渐渐融化了，只留下两个空空如也的眼眶，让人从中瞥见死神。然而，年轻的胸脯仍然完好无损，在两年时间里，拂晓、正午和黄昏，乳汁仍然奇迹般地涌出，直到孩子到了断奶的年纪，自己从胸前扭过头去。

"直到这时，疲惫不堪的乳房终于耗尽了全力，砖头边缘只留下一小撮白色粉末。接下来的几百年里，被这个故事感动的母亲们来到这里，她们的手指顺着红砖，抚摸神奇的乳汁留下的印痕。再后来，这座塔楼也消失了，拱顶的重量再也不会压在这具轻飘飘的女人骨骼上。最后，脆弱的尸骨也灰飞烟灭了，这里只剩下一个被地狱般的炎热烤焦的法国老头儿，跟一个萍水相逢的人唠叨这个故事，它跟安德洛玛克的故事一样值得诗人们咏叹。"

这时，一个茨冈女人朝两位男士坐着的桌子走来，她浑身脏污不堪，皮肤泛着古铜色的光泽，她怀里抱着一个孩子，孩子的眼睛上缠着破布条。她深深鞠了一躬，黄色长裙拖在地上，大凡那些穷苦而又高傲的民族，都有这种既傲慢无礼又卑躬屈膝的姿态。工程师粗暴地将她推开，不顾她的声音从祈求变成了诅咒的腔调。英国人将她叫回来，向她施舍了一个第纳尔。

"您怎么了，想入非非的老头儿？"他不耐烦地说，"她的乳房和项链跟您的阿尔巴尼亚母亲相比并不逊色。她怀里抱的孩子是个瞎子。"

"我认识这个女人"，于勒·布特兰回答道。"我从拉古萨的一个医生那里听到了她的故事。几个月以来，她在自己孩子的眼睛上涂抹一些恶心的膏药，让孩子的眼睛发炎，以博取往来路人的同情。孩子还能看见东西，不过很快就会像她希望的那样完全瞎掉。这样一来，这个女人的生财之道就有了保障，而且终生无虞，因为照料残疾人是一份有利可图的职业。世上的母亲各不相同。"

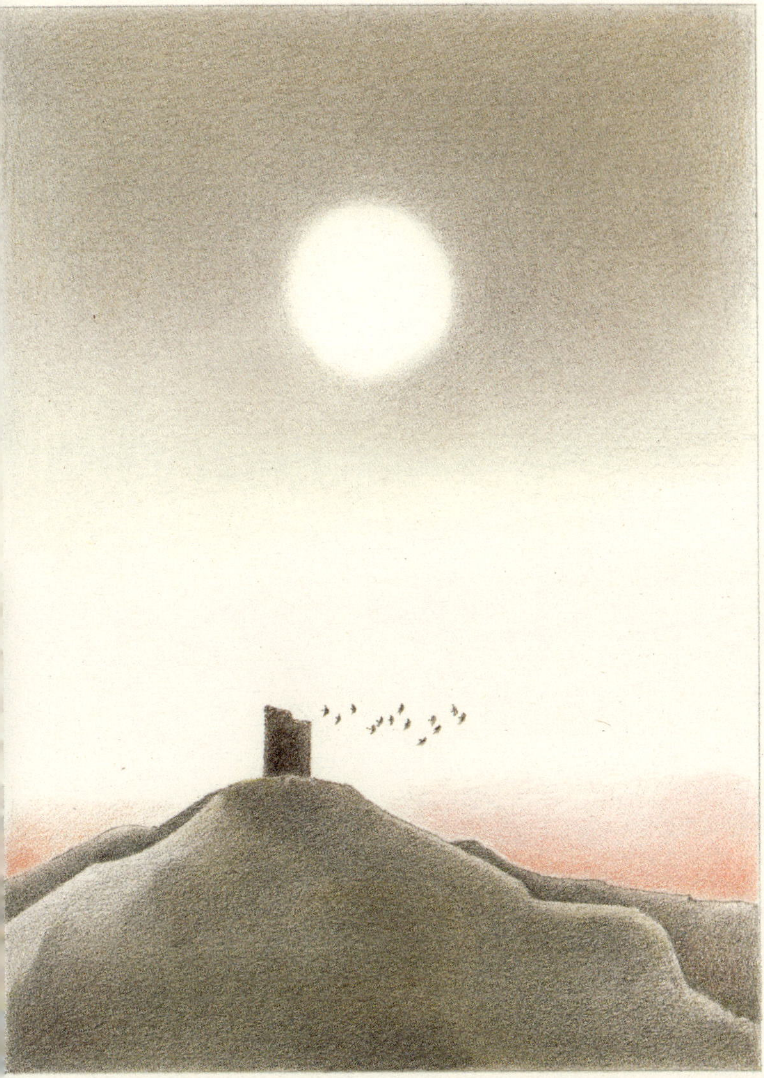

Le dernier amour du prince Genghi

源氏公子最后的爱情

源氏刚过了五十寿辰，这位以风流多情而名震亚洲的光华公子，察觉到是时候面对死亡了。他的第二位妻子紫夫人，尽管为他所挚爱，却也饱尝不忠的折磨，她已经跟那些在艰难多变的人生中赢得尊严的人们一起往生，先于他去到天国。源氏已经记不清她微笑的模样，还有她哭泣之前扭曲的脸，他为此痛心不已。他的第三位妻子三公主，曾经与一位年轻的亲戚私通，就像他年轻时也曾欺骗父皇，与一位正值妙龄的皇后有过私情。同一出戏在人世的舞台上周而复始，不过他知道，这一次轮到他扮演的只能是一个老者的角色了，与其如此，他宁可扮演鬼魂。于是他遣散财产，安置仆从，准备前往他早已命人在山腰上建造的一处隐居之所度过余生。他最后一次穿过京城，随从只有两三个忠心耿耿的仆人，他们不甘心离开他，从而告别自己的青春。天色尚早，妇人们却已将脸庞贴在格子窗细细的帘子上。她们叽叽喳喳地大声议论，说源氏依旧姿容俊美，这种情形令公子的去意愈加坚定。

一行人花了三天时间才抵达坐落于荒野之中的隐居地。那所房舍建于一株百年古枫之下；时值秋天，叶子从这棵美丽的大树上飘落，将茅舍覆盖上一层金色的屋顶。源氏在动荡不安的青年时代曾经长期漂泊外邦，眼下这种孤寂的生活比当初的流亡岁月更显简朴和严酷；然而这位雅士终于得以尽情体味舍弃一切的极致奢华。初冬的寒意倏忽而至；山坡披上白雪，就像人们冬天穿的棉袄上那一道道宽阔的褶裥，阳光也被浓雾遮蔽了。从清晨到日暮，源氏就着火盆微弱的光线诵读佛经，这些肃穆的句子意味隽永，从此在

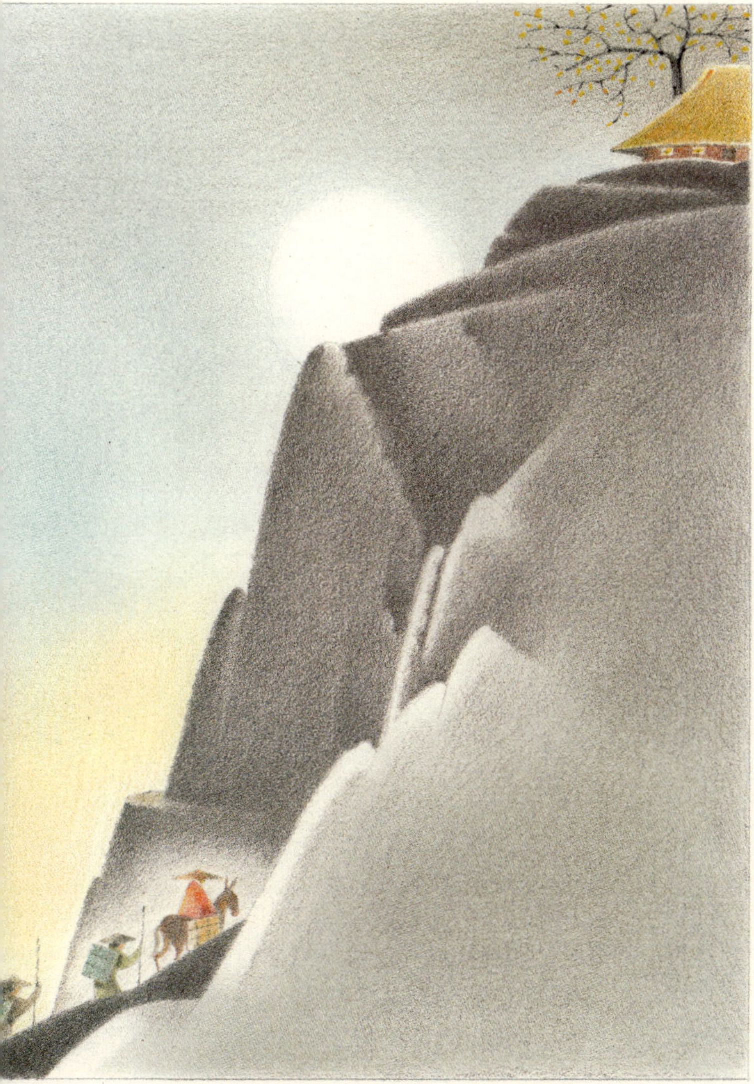

他看来比最凄婉的情诗更加动人。可是，不久他便察觉自己目力衰退，似乎他为那些柔弱的情人抛洒过的眼泪已经灼伤了他的双眼，他意识到自己将在黑暗之中等待死亡的降临。时不时，会有来自京城的信使拖着疲惫和冻得肿胀的双脚，向他恭恭敬敬地呈递上书信，亲朋好友都想此生最后一次前来拜访他，既然来世永久的重聚尚不可期。然而源氏宁肯被人遗忘，也不愿在访客心中唤起怜悯和尊敬，此乃他避之唯恐不及的两种感情。他忧伤地摇摇头，这位从前以诗书著称的公子，遂以一纸空白素笺打发走来使。久而久之，与京城之间的往来也稀疏了；从前源氏舞动扇子，指挥各种时令节庆，如今这些庆典在远离他的地方照旧举行，公子被无情地抛弃在离群索居的忧伤之中，眼疾日复一日加剧，因为他不再为哭泣感到羞耻。

源氏昔日的情妇中有两三位提出愿意前来，陪伴他在绵绵回忆中度过孤寂的日子。最柔情缱绻的书信来自花散里夫人：这位从前的妃子出身中等，相貌平平；她曾经作为命妇尽责地侍奉过源氏的几位夫人，在长达十八年的时间里眷恋着公子，备受煎熬却从不曾厌倦。源氏也在晚间偶尔造访过她，这样的幽会寥若雨夜的星辰，却足以照亮花散里夫人贫瘠的生活。这位夫人对自己的相貌、才情和门第都颇有自知之明，在光源氏众多的情妇之中，唯有她对公子怀有温柔的感激之情，因为她觉得源氏爱过自己是一件非同寻常之事。

花散里夫人眼见自己的书信得不到回音，便雇了一乘小轿和几个仆人，来到源氏隐居的茅屋。她轻手轻脚推开柴扉，谦卑地微笑着跪下，请求公子原谅自己贸然到访。那段时期，访客离得很近的话，源氏尚能辨认他们的面容。公子心中涌起一股苦涩的怒气，倒不是因为这位妇人来到眼前，而是她的衣袖散发出自己故去的夫人们曾经用过的薰香，唤醒了那些令人肝肠寸断的回忆。花散里夫人哀求源氏公子留下她，哪怕将她当作侍女使唤。公子却平生第一次狠下心来，将她赶走。不过，在伺候公子的老仆人里，有几位与花散里夫人相熟，他们不时向她通风报信。花散里夫人便也平生第一次变得残忍，她远远地留意着源氏眼睛变瞎的进展，就像一个女人焦急地等待夜幕降临，前去与情人相会。

她得知源氏公子几乎完全失明后，便脱下城里的装束，换上年轻村妇穿的粗糙短袍；她又按照乡下女子的式样编了发辫；她还携带了一个包袱，里面装有布料和陶器，就像从集市上买来的那样。如此乔装改扮一番之后，她让人将她送到公子自我流放的地方，那里只有森林里的狍子和孔雀与他为伴。最后一小段路她是步行走过的，以便借助泥泞和疲惫演好自己的角色。霏霏春雨洒在柔软的土地上，涤净了黄昏的最后一缕阳光：此刻正是源氏身着朴素的僧袍，在小径上缓缓散步的时辰，他的老仆们担心他绊倒，早已仔细捡净了路面的小石子。源氏公子的脸上一片空茫，失明和衰老令这副面容失去光泽，如同一面曾经映照过美丽容颜的镜子，而今变得黯淡无光。此情此景，令花散里夫人无需伪装就哭了起来。

源氏听见妇人的啜泣声，轻轻一颤，转身循着哭声的方向慢慢走来。

"你是谁家的女子？"他关切地问。

"我是浮舟[1],农夫宗平的女儿",夫人答道,她没有忘记模仿乡下口音。"我跟母亲一起进城,去买布料和炊具,因为我下个月就要出嫁了。可是眼下我在山道上迷路了,我哭,因为我害怕野猪,妖怪,男人的欲求和死者的鬼魂。"

"你全身都淋湿了,姑娘,"源氏一边说,一边将手放到她的肩上。

她的确里里外外湿透了。这只无比熟悉的手一触碰到她,她从发梢到光着的脚趾都战栗起来,然而源氏以为她只不过是在打寒颤。

"到我的茅舍里来吧",公子殷勤地说,"你可以就着我的火烤一烤,尽管火盆里的灰烬比木炭还多。"

夫人故意模仿村姑笨拙的步态,跟上前去。两人围着快要熄灭的火盆蹲下。源氏伸出双手烤火,但是夫人不肯露出手指,她的双手对于一位村姑而言太过

---

[1] 在紫式部的《源氏物语》里,浮舟是光源氏后代的故事中才出现的女性名字,尤瑟纳尔借用于此。本篇中农夫宗平的名字为尤瑟纳尔所杜撰。

纤巧了。

"我是瞎子",过了一会儿,源氏叹息道,"姑娘,你尽可不必顾虑,脱下你淋湿的衣裳,光着身子烤烤火。"

夫人顺从地脱下村姑的袍子。她纤细的身躯被炭火映上粉红色,就像用极淡的琥珀雕琢而成。突然,源氏轻声说:

"姑娘,我欺骗了你,因为我还没有全瞎。我透过一层薄薄的雾气隐约看见你,也许这层雾气只不过是你的美貌散发的光晕。让我将手放到你的手臂上吧,它还在颤抖。"

就这样,花散里夫人重又成为她暗恋了十八年之久的源氏公子的情人。她没有忘记模仿一个初次交欢的少女应有的眼泪和羞怯。她的身体还保持惊人的年轻,而源氏的眼力也不足以发现她已有几丝灰白的头发。

一番缠绵过后,夫人跪在源氏面前,说道:

"公子,我欺骗了你。我的确是农夫宗平之女浮舟,但是我没有在山中迷路。源氏公子荣光远播,直至村野，我心甘情愿前来，是为了在您的怀抱中初尝爱情的滋味。"

源氏跟跟跄跄地站起身来，如同一棵松树在寒风劲吹中飘摇。他厉声喊道：

"你真该死，你让我想起了我最痛恨的敌人，那个面貌姣好，双目炯炯的皇子，每天晚上，他的模样都令我夜不成寐……滚吧……"

花散里夫人离去了，痛悔自己刚刚犯下的过失。

随后数旬，源氏郁郁寡欢。他陷入了痛苦之中。他沮丧地察觉自己仍然未能摆脱俗世的诱饵，还远未准备好迎接来生的了无挂碍和脱胎换骨。农夫宗平之女的来访重新唤起了他对女性的兴致，他喜欢她们纤细的手腕，尖挺的乳房，凄恻而又温顺的笑声。自从失明以来，触觉就成了他感受大千世界之美的唯一途径，他的幽居之地周边的风景不能再给予他慰藉，因为溪流的潺潺水声毕竟比女人的声音来得单调，山峦的曲线和云朵的发绺也只为明眼人而存在，它们在远处飘荡，令人无法企及，无缘抚摸。

两个月后，花散里夫人再度尝试。这一次，她精心梳妆并薰了香，但是她注意让衣服的裁剪式样在雅致中显出拘谨和守旧，薰香在朴实中显出平庸，这一切使她显得缺乏想象力，像一个出身于外省的体面世家，却从未见识过宫廷的年轻女人。

为了这次出行，她雇了几位轿夫和一乘大轿，但是轿子上的装饰终究不如京城里那般尽善尽美。她设法在天黑时分才到达源氏居住的茅舍附近。夏天已早于她来到山中，源氏坐在枫树下，聆听蟋蟀鸣唱。她走上前去，用扇子半掩面孔，局促不安地说道：

"我是中将[1]，我的丈夫须和是大和国七位。我要赴伊势神宫参拜，可是我的一个轿夫刚刚扭伤了脚，天亮前我没法子赶路了。劳驾您告诉我哪里有一所小屋，我可以住上一晚，也能让我的仆人们歇息，而不必担心蜚短流长。"

"哪里比得上一个年迈的瞎子的住所，更能让一

---

1 《源氏物语》中，光源氏在紫夫人去世后还宠爱过一位名叫中将的侍女。本篇中大和国七位须和则为尤瑟纳尔虚构的人物。

个年轻女人免遭蜚短流长？"源氏公子苦涩地回答，"我的屋子太小，容不下你的仆人们，就让他们在这棵枫树下歇息吧。不过，我可以将茅屋里的唯一一床草垫让给你。"

他站起身来，摸索着为年轻女人引路。他连一次也没有抬起过眼睛来看她，这让她明白，他完全失明了。

她在干草垫上躺下后，源氏又黯然回到小屋门口坐下。他感到难过，他连这位少妇长得是否漂亮都不知道。

夏夜炎热清朗。月亮在瞎眼人仰起的脸上洒下一缕微光，这张脸看上去仿佛是用白玉琢成。过了好一阵，妇人从林中的床榻上起身，也来到门口坐下。她叹了一口气，说道：

"夜色美好，我睡意全无。我心中装满小曲，让我唱一支给你听吧。"

她不等答复，就唱起了一支谣曲。这是源氏公子十分钟爱的一支曲子，因为他最宠爱的紫夫人曾经无数次为他吟唱过。源氏情难自禁，不知不觉向陌生女

人靠近过去:

"你从哪里来?你年纪轻轻,为何会唱我年轻时盛行的曲子?你就是一架弹奏往日曲调的箜篌,让我来抚你的琴弦吧。"

他摩挲着她的头发。过了一会儿,他问道:

"唉,大和国的年轻女子,难道你的丈夫不比我更好看,更年轻?"

"我的丈夫不如你好看,也没有显得更年轻,"花散里夫人只回答了一句。

就这样,经过一番新的乔装打扮,夫人又成了从前拥有过她的源氏公子的情人。早上,她为他煮了一碗热粥,源氏对她说:

"年轻女人,你既灵巧又柔顺,就连艳遇无数的源氏公子,我也不相信他有过比你更温婉的情人。"

"我从未听说过源氏公子的大名,"夫人摇头答道。

"什么?"源氏痛心地惊呼道,"他这么快就被人遗忘了么?"

整整一天,他闷闷不乐。花散里夫人明白,她又

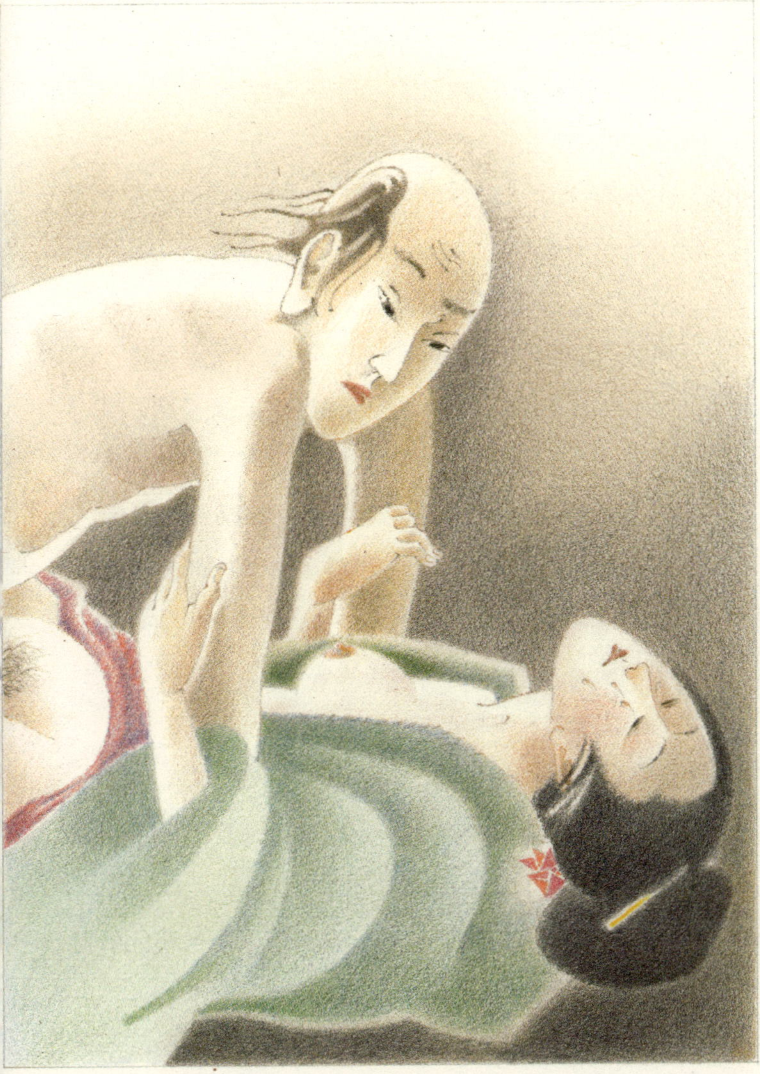

一次误解了公子。不过源氏没有提起要将她赶走,他似乎喜欢听她穿着绸裙从草丛里走过的窸窣声。

秋天到了,山里的树木变成一个个身披绛红或金色长袍的仙子,然而她们注定会在初冬来临时死去。夫人向源氏公子描绘棕褐色的树叶呈现出的暗灰、金黄和浅紫等不同色调,她用心良苦,仿佛只是偶然才提及这些色彩,而且每次她都尽量避免让公子感觉到自己是在有意帮助他。她不断想出各种花样让公子感到欣喜,她编织精巧的花环,烹制一些因简朴而愈发精致的饭菜,她为往昔那些哀婉动人的曲调填写新词。从前她以位列第五的妃嫔身份居住在源氏临幸过的宫院里时,也曾施展过同样这些魅力,只不过当年公子心有他属,未曾在意而已。

晚秋时节,瘴气从沼泽地里传来。昆虫在污浊的空气里急速繁殖,每一口呼吸都像在啜饮变质的泉水。源氏病倒了,他躺在枯叶铺成的床上,心里明白自己再也站不起来了。他不得不在夫人面前暴露自己的衰弱,以及疾病迫使他接受的那些有失体面的照料，他为此感到羞惭。然而源氏是这样一个人，他总要在平生的每次经验里寻求其独一无二而又令人刻骨铭心之处。如今他体味到一种陌生而又凄凉的亲密，给两人相濡以沫的情爱增添了滋味。

一天早上，夫人正在为他按摩双腿，源氏支起肘部坐起来，他摸索着夫人的双手，喃喃低语道：

"正在照料将死之人的年轻女人，我欺骗了你。我就是源氏公子。"

"当初我来到你身边时，只不过是个没有见识的无知女人，连源氏公子的名字都没有听说过"，夫人说，"现在我知道了，他是世上的男子中最俊美、最令人倾慕的一位，但是你不必成为源氏公子，也能为人所爱。"

源氏微微一笑，以表谢意。自从他的眼睛不会说话之后，似乎他的目光就在嘴唇上游移。

"我行将就木"，他艰难地说。"我对自己与花朵、昆虫和星辰相伴的命运无所抱怨。在一切都如梦幻般流逝的这个世界上，长生不老非我所愿。万物、生灵与人心终有一死，我并不为此感到惋惜，万物终将消亡固然是一种不幸,然而它们的美,一部分亦正在于此。令我无法释怀的,乃是万事万物无不独一无二。从前,我确信自己从生命中的每时每刻都获取了一个无法复现的启示,这一点构成了我隐秘的欢愉中最明了的乐趣;如今,我在垂死之际却为此羞愧不已,我如同一个享有特权的人,独自观赏了一场美轮美奂的盛典,而这场盛典再也不会重演。可爱的世间万物,你们唯一的见证人却是一个将死的瞎子……另一些女人将花容绽放,跟我曾经爱过的那些女人一样笑意盈盈,但是她们的微笑将会不同,她们琥珀般的脸颊上令我着迷的美人痣也将会轻轻移位。另一些人将会不胜爱的重负而心碎,但他们的眼泪与我们的不同。另一些因渴求而濡湿的手将会在开满杏花的树下交缠,然而同样的花瓣雨不会两次撒落在同样的人间幸福之上。唉,我感觉自己像一个被洪水卷走的人,祈望至少找到未被淹没的方寸之地,以便放置几封发黄的书信,几柄褪色的扇子……葵夫人,我的元配夫人,我在你离世翌日才相信你的爱情,而这个世上不再有我来缅怀你之时,我对你的回忆又将如何?还有你，夕颜，你在我的怀抱中死去，只因一位心怀妒意的情敌执意要独占爱我的权利，我对你空余遗恨的回忆又将如何？还有你们，我那美艳绝世的后母和少不更事的妻子，是你们先后让我品尝到身为不忠的同谋或受害者的苦果，我对你们险恶的回忆又将如何？还有你，空蝉，你因矜持而处处回避，我只好在你的幼弟那里寻找慰藉，他稚气的脸庞流露出几分女子一般羞怯的笑容，我对你微妙的回忆又将如何？还有你，明石夫人，你如此温良，默认在我的家里和心中仅居第三位，我对你珍爱的回忆又将如何？还有你，惹人怜爱的农夫宗平之女，你爱的只是我的过去，而我对你田园诗般的回忆又将如何？还有你，尤其是你，此时正在为我按摩双脚的娇小的中将君，我对你甜美的回忆又将如何，而你甚至还来不及成为我的回忆？中将君，我多想在生命中早些与你相遇，然而果实要留待秋后方能收获也符合常理……"

源氏沉醉于忧伤之中，他的头重又落到硬硬的枕头上。花散里夫人朝他俯下身去，颤抖着连声问：

"你的府邸里不是还有另一个女人吗，你还没有说出她的名字,难道她不温柔吗?她不是叫作花散里夫人吗?啊,你倒是想想……"

然而,源氏公子的脸上已经现出一种唯有死者才有的安详。一切痛苦都终结了,他脸上不再有任何餍足或怨恨的痕迹,仿佛他确信自己又回到了韶华时光。花散里夫人不顾失态,扑倒在地,号啕大哭起来;苦涩的泪水如骤雨般从脸颊上冲刷下来,她自己抓扯掉落的一卷卷头发如丝絮飘飞。源氏独独忘记的,正是她的名字。

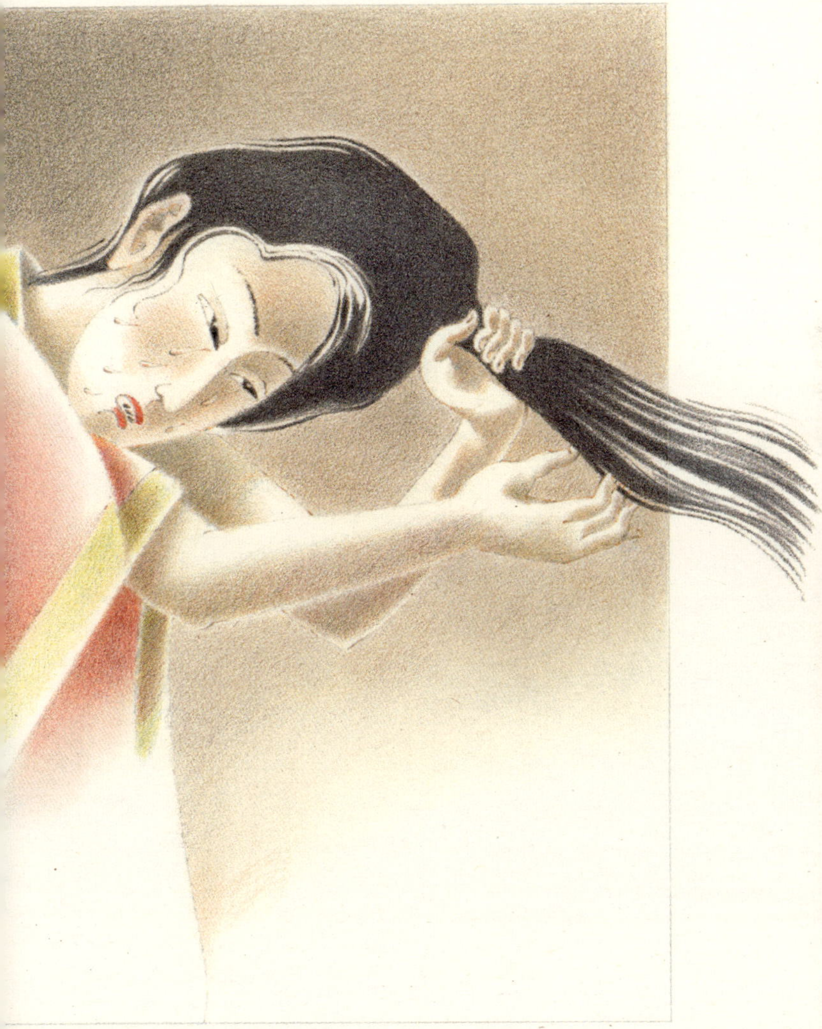

L'homme qui a aimé les Néréides

迷恋涅瑞伊德斯[1]的男子

---

1 古希腊神话中,有"海中长者"之称的涅柔斯与俄刻阿诺斯之女多里斯结合,生下五十个美貌的女儿,统称涅瑞伊德斯。在直至 20 世纪前期仍普遍流行于希腊民间的现代传说或迷信中,则以涅瑞伊德斯泛指山林水泽仙女。根据民间信仰,涅瑞伊德斯美貌而爱捉弄人,她们常常在僻静之处与独行的旅人相遇。然而这种相遇十分危险,往往会让旅人变得疯癫、狂热、痴迷,因而人们对涅瑞伊德斯心存戒惧。

他赤脚站在那里，炎热的港口尘土弥漫，散发出腥臭味，小咖啡馆支起的寒酸的帐篷底下，几位顾客懒洋洋地靠在椅子上，徒劳地希望躲避一下阳光。他穿着一条红褐色的旧裤子，裤脚还不及脚踝位置，脚上细瘦的骨头，刀刃般的后跟，长满老茧、擦痕累累的大脚掌，灵活而敏感的脚趾，在在皆是这个种族的特征，他们长着一双聪明的脚，早已习惯于跟空气和大地以任何方式接触，粗砺不平的石头让它们变得结实有力。在地中海国家，这样一双脚让穿上衣服的人类多少还保留着赤身裸体时的自由自在。这敏捷的双脚，迥异于北方国家那些包裹在皮鞋里笨拙而沉重的支座……他那件已经褪色的蓝衬衫，跟被夏天的阳光照得发白的天空相呼应；他的肩膀和肩胛骨从撕破的棉布下露出来，仿佛瘦削的岩石；一双稍稍拉长的耳朵将脑袋斜斜地圈住，如同古代尖底瓮的双耳手柄；他苍白失神的脸上仍依稀显出几分不容置疑的俊美，宛如一片贫瘠的土地上隐隐露出一尊残损的古代雕像。他病兽般的双眼毫无戒备，隐蔽在跟骡子眼皮上一样长的睫毛后面，他的右手一直向前伸着，就像古风时期的雕像那样做出固执和惹人厌烦的手势，仿佛要从博物馆的参观者那里讨到赞赏。他大张着嘴，露出雪白的牙齿，发出含混不清的声音。

"他是聋哑人吗？"

"他不聋。"

让·德米特里亚狄斯在岛上拥有几家大肥皂厂，就在这个白痴茫然地朝大海望去的当儿，趁他不留意，便在光滑的石板地上扔下了一枚德拉克马。地上有一层薄薄的细沙，银币掉落的声响没有那么清脆，然而乞丐还是听到了,他贪婪地拾起这枚白亮的小钱币,随即又显出沉思和哀怨的样子,一动不动,犹如岸边的一只海鸥。

"他不聋",让·德米特里亚狄斯又说了一遍,一边将半满的咖啡杯放在面前,杯子里漂浮着一层油亮的黑渣。"他在那样的情况下失去言语和神智,有时连我都不免心生羡慕,我是个通情达理的人,是个有钱人,然而我在路上碰到的往往只有烦恼和空虚。这位帕内吉约蒂斯(这就是他的名字)十八岁时变成了哑巴,因为他碰见了赤裸的涅瑞伊德斯。"

帕内吉约蒂斯听见有人提到他的名字,一丝不易察觉的微笑从他的嘴唇上掠过。他看上去并没有听懂这位要人话中的意思,但他隐隐约约将此人视为保护人,触动他的是声音,而不是词语。他很乐意知道有人在谈论他,想着也许还能再得到一份施舍,他不知不觉伸出手来,就像一条胆怯的狗将爪子轻轻搭在主人的膝盖上,提醒不要忘记给它喂食。

"他的父亲是我们村子里最殷实的农民之一",让·德米特里亚狄斯接着说下去,"跟我们这里通常的情形不同，这些人真的非常富有。他父母的田产多得不知该如何是好，他们有一幢方石砌成的大房子，果园里种了好几种水果，菜园子的厨房里有一只闹钟，圣像墙前点着一盏灯，总之应有尽有。可以说，很少希腊年轻人能够像帕内吉约蒂斯这样，面前摆着烤好的面包，而且够他吃上一辈子。也可以说他面前的路都已经开辟出来了，这是一条希腊的路，尘土飞扬，石块凹凸不平，单调乏味，但是路上时不时能听到蟋蟀唱歌，间或在小酒馆停下来歇歇脚，也饶有趣味。从前，他帮老妇人们打树上的橄榄；他监督给葡萄装箱打包，给一包包羊毛称重；他父亲跟烟草商谈价钱时，他不动声色地帮腔，每当对方出价不及他们的预期，他就厌恶地啐一口痰；他跟兽医的女儿订了婚，那是一个可爱的姑娘，在我的厂子里做工；因为他长相英俊，大家传闻说本地怀春的姑娘无一不是他的情人；甚至有人声称他跟神甫的老婆上过床；即便是这样，神甫也并不怨恨他，因为他不喜欢女人，对自己的老婆毫无兴趣，何况这个女人无论对谁都投怀送抱。想象一下像帕内吉约蒂斯这样的人拥有的简简单单的幸福吧：漂亮女孩们爱他，男人们羡慕他，也有人想得到他，他有一只银表，他母亲每两三天就会给他换上一件熨烫过的雪白的衬衫，中午吃的是杂烩饭，晚餐前喝上一杯香气馥郁的青绿色茴香酒。然而幸福是脆弱的，即便不被人自己或者境况所摧毁，幽灵也会出来捣乱。您可能不知道，我们这个岛上到处都有神秘的形迹。你们北方的亡魂白天待在墓地里，只在半夜出来，而我们这里的幽灵不同。它们才不会将自己裹在白单子里，它们的骸骨上是肉身。但它们可能比死者的灵魂更危险，因为死者至少受过洗礼，在世上生活过，懂得受苦的滋味儿。我们乡下的这些涅瑞伊德斯既天真又邪恶，跟大自然一样，有时保佑人，有时摧毁人。古代的天神和女神们的确都死了，博物馆里只保存着它们的大理石尸身。我们的山林水泽仙女更像你们传说中的仙子，而不是你们根据普拉克西特列斯[1]想出来的样子。然而我们这里的人相信她们的

---

1 古希腊雕塑家，生活在公元前 4 世纪的雅典。据老普林尼《自然史》卷七："普拉克西特列斯以大理石雕像闻名，比如他的'尼多斯的维纳斯'，尤其因维纳斯诱发一名年轻男子失去理智的爱情而著称。"

法力；她们就像大地、水和危险的太阳一样存在。在她们身上，夏天的阳光化为肉身，这就是为何人们看见她们既不会眩晕，也不会惊愕。她们只在正午那个灾难性的时刻出来，仿佛淹没在烈日当头时分的神秘之中。如果说农夫们躺下睡午觉之前要严严实实地关门闭户，那不是为了抵挡太阳，而是为了抵挡她们；这些仙女太美了，赤身裸体，可真让人无法抗拒，她们如同蕴藏着热病的泉水一样，既清洌又不祥；看见过她们的人都会被倦怠和欲望消耗得日渐憔悴；那些胆敢接近她们的人则会终身变成哑巴，因为他们之间亲昵的秘密可不能说与外人知晓。然而，七月的一天上午，帕内吉约蒂斯父亲的两只羊开始打转。羊群里最肥美的牲畜很快染上了瘟疫，房屋前面那块压实的地面很快变成了收容所，将染病的羊都圈在里面。烈日炎炎，帕内吉约蒂斯独自一人出发去请兽医，兽医住在圣埃利山的另一侧，海边的一个小村子里。天色已经暗了，他还没有回来。帕内吉约蒂斯的父亲担心的不再是他的羊群，而是他的儿子；大伙儿在附近乡下和山谷里遍寻不得；他家的女人们在村子的教堂里祈祷了整整一夜,那是一个点着二十来支蜡烛的谷仓,仿佛马利亚随时会走进来生下耶稣。第二天晚上,正当男人们在村子的广场上休息时,他们围坐在桌前,面前摆着一小杯咖啡,一杯水或者一勺果酱,这时大家看见一个新的帕内吉约蒂斯回来了,他完全变样了,就像死过一次那样。他的眼睛闪闪发亮,但看上去眼白和瞳仁似乎吞掉了虹膜;就算他害了两个月的疟疾,脸色也不会更黄;他的嘴唇变形了,挂着让人有点儿恶心的微笑,嘴里从此再也没有说出过话语。然而他并没有完全变成哑巴。他嘴里断断续续吐出一些音节,就像从快要枯竭的泉眼里冒出的咕噜咕噜的水声:

"'涅瑞伊德斯……女人……涅瑞伊德斯……漂亮……裸体……真过瘾……金发女人……金色的头发……'

"从他嘴里能听到的就是这些词儿了。接下来的几天里,人们好几次听见他在轻轻地反复自言自语:'金发……金色的',仿佛他在摩挲着丝绸。然后就什么也没有了。他的眼睛不再发亮;然而,他变得茫然和出神的目光却获得了奇异的本领：他盯着太阳看也不会眨眼；也许是他注视着这个金光闪闪的物体能得到一种快感。他刚开始谵妄的头几个星期，我也在村子里：他没有发烧，没有任何中暑或发病的症状。他父母将他带到附近一个有名的修道院里，找人替他祛邪：他温顺得就像一只害病的绵羊，任人摆布。然而不管是教堂里的法事，还是焚香烟熏，还是村子里老妇人们施行的魔法，都不能将他血液里那些跟太阳的颜色一样的疯仙女赶走。他变成这副样子的最初几天，不停地来回走动；他无数次返回碰到仙女们的地方：那里有一个泉眼，渔夫们有时会去那里补充淡水，那是一个凹陷的山谷，一条小路从无花果田里直通向大海。有人以为在稀疏的草地上发现了女人留下的浅浅的脚印，还有身体在上面翻滚过的痕迹。可以想象得出那个场景：阳光穿透无花果树荫之间的缝隙，树荫不是阴影，而是一种更青绿、更柔和的阳光；这个年轻农民听见女人的嬉闹声，好比猎人听到飞鸟振翅一样警觉起来；那些年轻的仙女张开洁白的双臂，臂上的金色绒毛挡住了太阳；一片树叶的影子

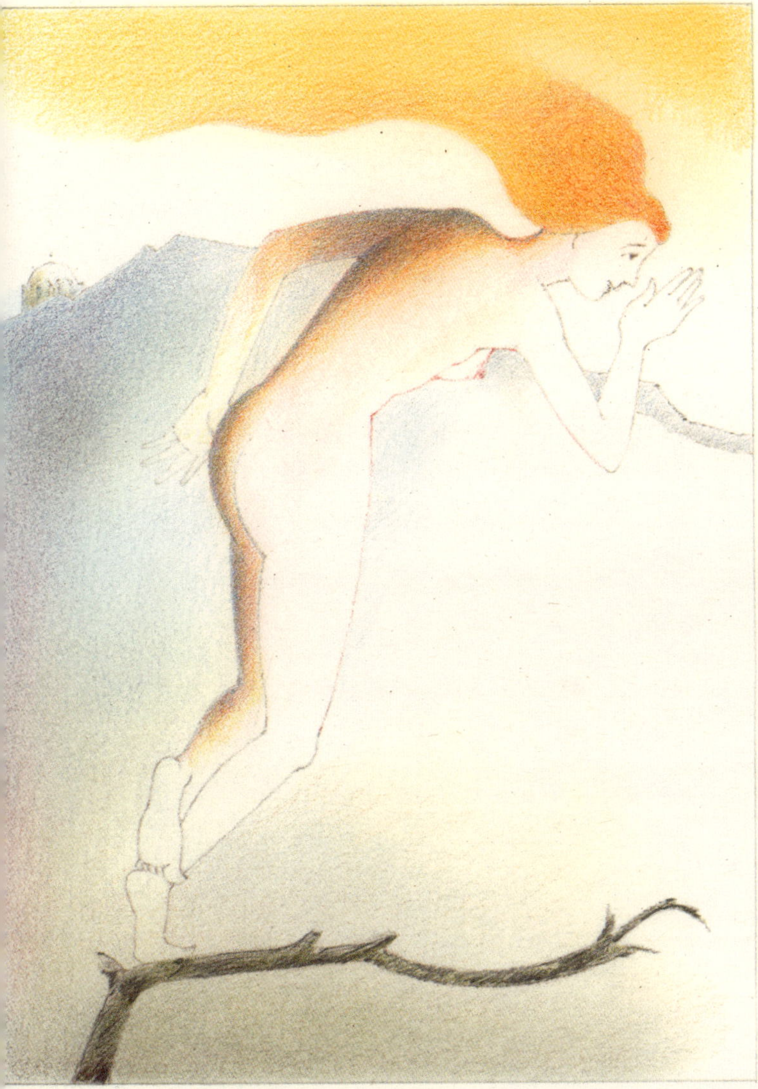

在赤裸的小腹上游移；肤色白皙的乳房，乳头呈玫瑰色而不是暗紫色；帕内吉约蒂斯贪婪地亲吻她们的秀发，仿佛在咀嚼蜜糖；他的欲望深陷在金色的大腿之间。如同没有心醉神迷就没有爱情，肉欲的陶醉也总是伴随着对美色的沉迷。其余则充其量不过是机械功能，就像口渴和饥饿。涅瑞伊德斯给这个癫狂的年轻人打开了一个女性的世界，这些仙女跟岛上的姑娘们之间的差异，就像后者跟母畜的差异一样大。她们让他见识了从未体验过的沉醉，令人精疲力竭的奇迹，以及幸福中闪烁的邪恶。有人声称他一直在与她们相会，一天中最热的那几个钟头，这些美丽的精灵正午出来四处游荡，寻找爱情；他看上去连自己的未婚妻也认不出来了，见了她竟然扭过头去，仿佛她是一只令人恶心的母猴；神甫的老婆从他面前经过，他竟冲她啐口水，那女人哭了两个月才平静下来。仙女们让他变笨，好让他跟一头无邪的野兽一样，更好地参与她们的游戏。他什么活儿也不干了；他也对何月何日不闻不问；他变成了乞丐，这样差不多总能吃饱。他在这一带流浪，尽量避开大路；在荒无人烟的山谷里，他钻进田野和松林深处；据说，一朵插在干垒石墙上的茉莉花，一块放在柏树下面的白石头，都是仙女们给他留的信儿，他看得懂下一次约会的时间和地点。农夫们说他永远不会变老：跟所有那些遭到霉运的人一样，他会渐渐衰弱，但是没人知道他究竟是十八岁还是四十岁。然而他膝盖开始颤抖，他的魂魄飘走，再也回不来了，他嘴里再也说不出话来。荷马早就知道，凡是曾经跟黄金的女神们[1]交欢的人，都会眼看着自己的才智和体力渐渐衰竭。然而我羡慕帕内吉约蒂斯，他走出了事实的世界，进入了幻觉的世界。有时我难免会想，也许只是在凡夫俗子的眼中，最隐秘的现实才表现为幻觉。"

"说到底，让"，德米特里亚狄斯太太面带愠色

---

[1] 《荷马史诗》中多处将美与爱欲的女神阿佛罗狄忒称作"黄金的阿佛罗狄忒"，尤瑟纳尔此处"女神"一词用了复数，乃借用阿佛罗狄忒的称谓泛指诱发爱欲的涅瑞伊德斯。此外，荷马颂歌里的《阿佛罗狄忒颂歌》中唱到安基塞斯与阿佛罗狄忒结合后，对女神说："我以提盾的宙斯的名义请求你，不要让我生活在凡人之中失去力量，望你垂怜，因为那与女神们同床共枕的男子活力凋零……"

问道,"你不会以为帕内吉约蒂斯果真看见了涅瑞伊德斯吧?"

让·德米特里亚狄斯没有作答,三个外国女郎从他面前走过,傲慢地跟他打招呼,他正忙不迭地欠身答礼。这三个年轻美国女人身穿合体的白色棉布外衣,迈着轻盈的步伐走在洒满阳光的堤岸上,一个年老的挑夫跟在她们后面,她们在集市上购买的物品压弯了他的腰;而她们,就像三个放学的小姑娘那样手拉手。其中一个没有戴帽子,红色头发上插着几条爱神木的嫩枝;第二个戴着一顶硕大的墨西哥草帽;第三个戴着乡下女人的棉布头巾,黑色太阳眼镜像面具一样将她的脸遮得严严实实。这三个年轻女人定居在岛上,在远离大道的地方购置了一所房子:她们夜里驾着自己的小船出来用三叉戟捕鱼,秋天则猎杀鹌鹑;她们不与任何人往来,自己操持家务,担心雇佣的管家婆会打扰她们之间的亲密;她们断然离群索居,宁肯遭恶语中伤,也不愿惹来闲言碎语。我想从帕内吉约蒂斯投向这三位女神的目光中捕捉到点儿什么,然而白费功夫,他那双漫不经心的眼睛仍茫然无

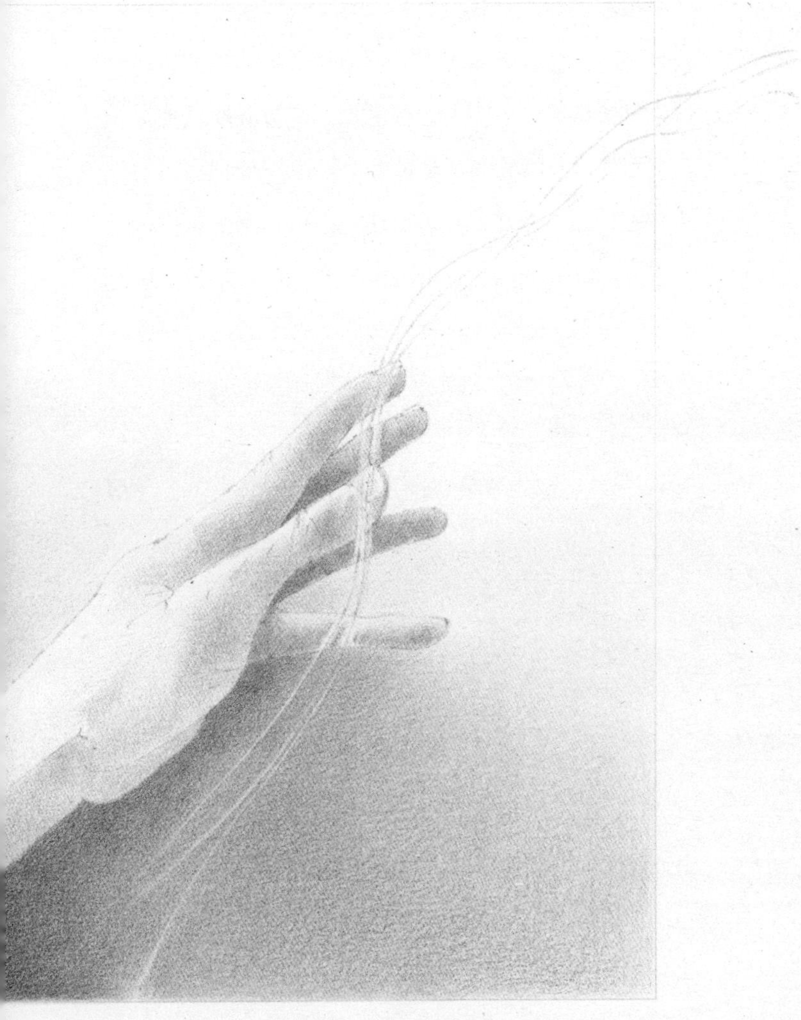

光：显然，他没有认出这些身着女人装束的涅瑞伊德斯。突然，他俯下身子，以动物般的灵巧拾起从我们口袋里掉出来的另一枚德拉克马。这时我瞥见他搭在肩上那件被长裤背带钩住的短外套，一根细细的丝线粘在粗呢上，那是唯一可能让我确信其事的证据，一件难以估量的证据：一根遗落的金发。

Notre-Dame-des-Hirondelles

燕子圣母堂

泰拉彼翁修士年轻时是伟大的阿塔那修[1]最忠诚的门徒；他生硬、严厉，只有对那些身上嗅不到魔鬼气息的生灵，他才显得温和。在埃及，他曾经让木乃伊复活并皈依上帝；在拜占庭，他听过几位皇帝的告解；他因得到托梦而前来希腊，想为这块仍然受潘神

---

[1] 阿塔那修（约295—373），早期基督教神学家，基督教教父之一。他是正统教义热忱的捍卫者，自328年起担任亚历山大城主教直至去世，是早期东方教会有影响的重要人物。

巫术影响的土地祛除邪祟。有发烧的农民将布条缠在祝圣过的树上，好让夜风吹来时，这些布条替代自己颤抖；还有人在田间竖起男性生殖器，祈求土地带来好收成；还有人在墙上的凹处或者海螺状的泉眼处放置泥塑神像……他一看见这些就暴跳如雷。他亲自动手在基菲索斯河岸边建造了一间简陋的小屋，并且很注意只使用那些祝圣过的材料。农民们将自己微薄的口粮分给他吃，尽管连年饥荒和战争让这些人一个个消瘦苍白，垂头丧气，泰拉彼翁却做不到让他们归顺天国。农民们崇拜马利亚的儿子，耶稣穿着金光闪闪的衣服如同初生的太阳，然而他们在内心仍然执拗地忠诚于自己的神灵，后者要么栖息在树上，要么从翻腾的水中冒出来；每天晚上，他们会将仅剩的一头山羊产的一碗奶放在悬铃木下，供奉给山林水泽仙女；正午时分，小伙子们会悄悄藏在树丛底下，偷看这些有着缟玛瑙般的眼睛，服食百里香和蜂蜜的女人。这些仙女无处不在，她们是这片坚硬而干燥的土地的女儿，那些在别处会化作一缕轻烟飘散的东西，在这里却会立即固化为现实。人们在泉水边的黏土上发现她们的足迹，她们在远处时则让人分辨不清她们白皙的身体与反光的岩石。甚至，有时一根支撑屋顶的房梁刨得不好，里面藏着一位被截了肢却没有死去的仙女，人们在夜里还能听到她在呻吟或唱歌。几乎每一天，都会有中了邪的牲畜在山里走失，直到几个月后人们才发现一小堆枯骨。这些狡黠的精灵会牵着孩子们的手，将他们领到悬崖边跳舞；她们步伐轻盈，脚不沾地，然而深渊却会将笨重的小身体一口吞噬。要不然，一个年轻小伙子尾随她们一路追赶，上气不接下气，浑身发热打颤，因为在他饮过的泉水里藏着死神。每次灾祸发生后，泰拉彼翁修士就会冲着这些该死的妖女藏身的树林挥舞拳头，然而村民们仍然继续怜爱这些若隐若现的清新仙子，他们宽恕她们犯下的过失，就像人们宽恕太阳让疯子的脑袋崩溃，月亮偷吮沉睡中母亲的乳汁，以及让人受尽折磨的爱情。

修士畏惧她们，好比畏惧一群母狼，她们则像一群妓女一般对他纠缠不休。这些古灵精怪的美人儿从来不让他得到片刻安宁：夜里，他感到脸上有她们热乎乎的呼吸，就像一头没有完全驯服的野兽，在屋里怯生生地走动时呼出的气息。倘若他壮起胆子，带着给一位病人的临终圣体穿过田野，就会听到她们踩着多变而急促的步伐紧跟在身后，如同一群年幼的山羊；倘若他力不从心，祈祷时睡着了，她们就会过来天真地拉扯他的胡须。她们并不试图引诱他，因为在她们眼里，他裹着厚厚的棕色粗呢僧袍，显得丑陋，滑稽，又很老；尽管她们长得美，却并不能唤起他任何不纯洁的欲望，因为他厌恶她们赤裸的身体，就好比厌恶毛虫苍白的肉体和游蛇光滑的皮肤。然而，她们渐渐让他受到了诱惑，他竟至于对上帝的智慧产生了怀疑，因为上帝制造了这么多无用和有害的生灵，似乎创造生灵只是上帝自娱自乐的一个恶意的游戏。一天早上，村民们看见这位修士忙于锯断仙女们寄居的那株悬铃木，他们感到双倍的难过，一方面他们害怕遭到仙女们的报复，担心她们离去时会带走山泉；另一方面，他们喜欢聚在这株悬铃木荫蔽下的空地上跳舞。然而他们并未对这位圣人发出一句怨言，他们害怕得罪天上掌管雨水和阳光的圣父。村民们一言不发，他们的沉默鼓励了泰拉彼翁修士继续自己与仙女

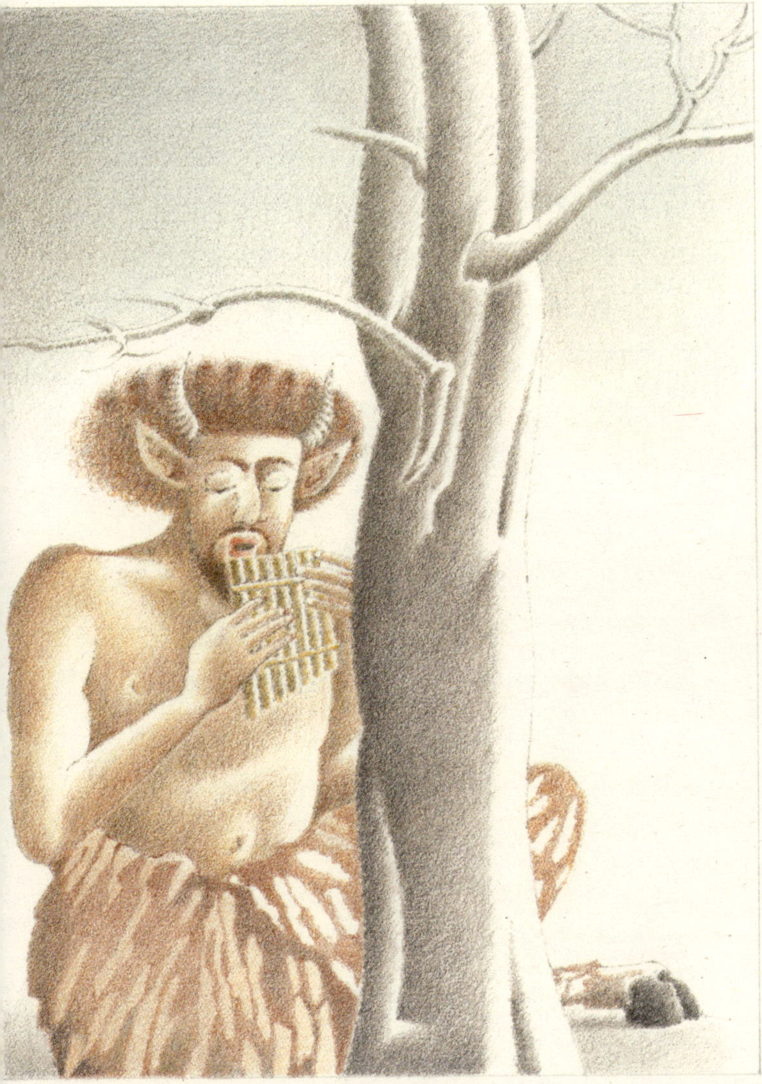

们作对的计划。

从此他出门必定带上两块燧石，藏在衣袖的褶子里。晚上，他看见田里空无一人时，就会偷偷摸摸地在一棵老橄榄树上放火，他觉得仙女们就藏在被虫蛀的树干里，或者他点燃一株小松树，因为树上流出的松脂宛如一颗颗金色的泪滴。一个赤裸的身影会从树叶间飘出来，奔去与她的同伴们会合，同伴们一动不动地站在远处，像一群受惊的母鹿，神圣的修士为自己摧毁了一个罪恶的渊薮而感到心满意足。他到处安放十字架，这些高贵的绞架让神界的小兽们避之唯恐不及，在这个变得神圣的村子周围，是一片越来越辽阔的荒芜和寂静。然而在山坡低处，仙女们和修士之间的斗争仍然相持不下，那里荆棘丛生，常有落石滚下，比其他地方更难赶走神灵。最后，仙女们被围困在祷告和火光之中，祭品断绝让她们骨瘦如柴，她们也失去了爱情的滋润，村里的年轻人都扭头不理睬她们了。在一个荒凉的山谷里，黏土地上有几株烧焦的松树，那里成了仙女们的藏身之所，这些松树看上去仿佛天上的鹰隼，它们强劲有力的爪子抓起一把红土，

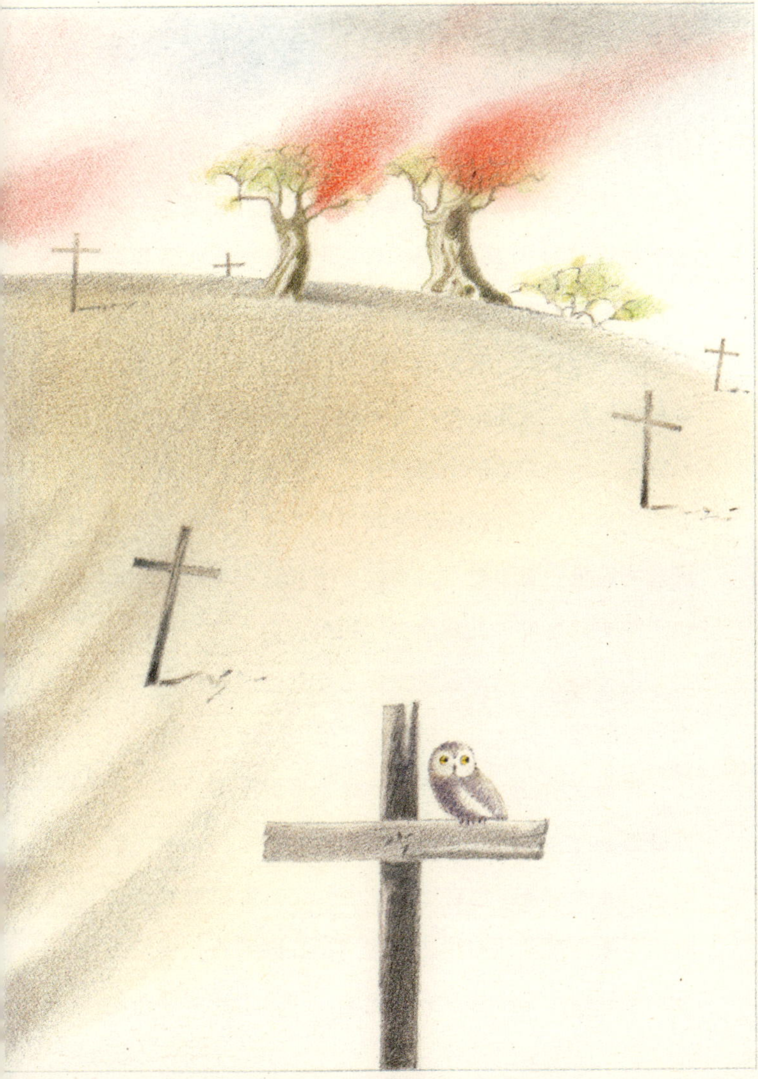

数不清的细小的羽毛尖儿在空中飞舞。那里的乱石之下也有几处泉水渗出，但是水太凉，洗衣妇和牧人们都不肯过来。一座小山的半山腰上有一个山洞，出入仅靠一个只容一人通过的狭小洞口。一直以来，只有当暴风雨令她们双眼迷乱时，仙女们才会在洞里躲避，因为她们跟森林里的动物一样害怕雷电；没有月色的夜晚，她们有时也会在那里过夜。有些年轻牧人声称曾不惜冒着下地狱和损耗精气的危险钻进洞里，他们津津乐道在幽暗中若隐若现的柔美躯体，至于仙女们的秀发，与其说他们摸到了，不如说他们只是在恍惚间瞥见。对于泰拉彼翁修士来说，这个隐藏在山岩上的洞穴无异于长在他自己胸腔内的恶性肿瘤，他站在山谷边缘，高举双臂，好几个时辰纹丝不动，祈求上天助他一臂之力，铲除这些危险的诸神余孽。

复活节刚过，一天晚上，修士将他的信众里最忠诚或最强硬的那些人召集起来；他给他们分发了镐头、灯笼等装备；他自己则扛上一个钉着耶稣受难像的十字架，带领他们在迷宫般的山丘间穿行，周围是一片柔软的、充斥着汁液的黑暗，他急于趁着漆黑的夜色行动。泰拉彼翁修士在山洞口停下脚步，他也不允许信徒们进去，担心他们受到引诱。在幽深的阴影里，只听见泉水在汩汩流淌。一个微弱的声音在起伏，如同拂过松林的微风一般轻柔；这是熟睡中的仙女们在呼吸，她们梦见了世界新生时的样子，那时人类还没有出现，大地只孕育了树木、动物和诸神。农民们点燃了一堆大火，但是无法烧毁岩石；修士命令他们搅拌石膏，搬运来石块。晨曦初露，就在这个受诅咒的洞穴门口，他们已经开始建造一座紧贴在山岩上的小教堂。尽管墙面还没有干，屋顶还没有封，门也还没有造好，但是泰拉彼翁修士已经请求上帝降福此地，他知道仙女们不会企图穿过这个神圣的地方逃走了。为了做到万无一失，他在小教堂的尽头，也就是靠近洞口的地方，安放了一个正十字架，上面画着大大的基督像，仙女们只看惯了微笑，见到这副受难者的形象，一定会惊吓得却步不前。清早第一缕阳光斜斜地照过来，投射在洞穴门口：不幸的仙女们往常就在这时出来，到附近的树叶上去吸食她们的第一顿露珠；女囚徒们抽泣着，请求修士前来帮助她们，她们还天真地许诺，倘若修士答应让她们逃走，她们就会爱他。整整一天，农民们继续干活，天黑时分，有人看见眼泪从石头上滴落下来，听见咳嗽和嘶哑的叫声，仿佛受伤的野兽在呻吟。翌日，小教堂封顶了，人们还在上面装点了一束鲜花；门也安好了，一把大铁钥匙一转，锁上了。这天夜里，疲惫的农民们下山回到村里，泰拉彼翁修士留在他新建造的小教堂旁边过夜，女囚们的呻吟让他整整一夜无法入眠，他却感到甜蜜的快意。不过，他是个有同情心的人，因为不管是踩到了一条虫子，还是他的僧袍碰断了一根花茎，都会令他心疼，但这一次他感到欣喜，好比自己将一窝有毒的幼蛇封在了两块砖头之间。

第二天，农民们运来石灰浆，将小教堂里里外外粉刷一遍，小教堂看上去就像一只倚靠在岩石怀抱里的白鸽。两个胆子稍大的村民鼓起勇气走进岩洞里，想粉刷一下潮湿而多孔的岩壁，不让泉水和蜂蜜再从这个美丽的洞穴内壁上渗出，以免这些奄奄一息的仙女继续得到给养。虚弱的仙女们再也没有足够的力气与人类抗争；半明半暗中，恍惚可见这里有一张年轻的嘴已经收缩了，那里有一双纤细的手做出哀求的手势，或者一只乳房透出的淡粉色。还有，这两个农民被石灰染白的粗大的手指在粗砺的岩壁上摸索时，时不时会碰到一缕柔软的头发，就像在无人涉足的潮湿之地生长的蕨类植物，颤抖着从他们手上滑落。仙女们憔悴无力的身躯或化作轻烟消散，或像死去的蝴蝶翅膀一样，随时会掉落到地上化为尘埃；她们仍在呜咽，然而只有侧耳倾听才能听见这细若游丝的哀鸣；这已不过是仙女们的灵魂在哭泣。

接下来一整夜，泰拉彼翁修士继续守卫在小教堂门口，加紧祷告，就像一位荒野里的隐修士。他满心欢喜地想到，下一轮新月升起之前，这些哀怨声将早已停歇，而这些饿死的仙女将只不过是人们记忆中的一个污点。他祈祷让死亡尽快来解除自己的女囚们的痛苦，因为他已经开始不由自主地对她们产生同情，他责备自己这种可耻的软弱。再也没有人来到他这里；他仿佛觉得村子就像在另一边的世界尽头那么远；在山谷对面的坡上，他只看见红土、松树，以及一条半掩在金色松针里的小径。他只听得见渐渐弱下去的喘气声，还有他自己越来越嘶哑的祷告。

这天傍晚，他看见小径上有个女人朝他走来。她低着头走路，略微弓着背；她的长袍和披肩都是黑色的，但是有一种神秘的微光从深色的衣料里透出来，犹如她将黑夜撒向了白天。她很年轻，然而有着老妪一般的持重、徐缓和庄严，又宛若成熟的葡萄和芬芳的花朵一样柔美。她从小教堂前面走过，端详了一下修士，打断了他的默祷。

"这条小径走不通，妇人。你来自何方？"他问道。

"跟清晨一样，从东方来"，年轻女人说，"老修士，你在这里做什么呢？"

"我砌了墙，将前一阵还在这一带捣乱的森林仙子们堵在里面了"，修士答道，"我还在洞穴门口筑起一座教堂，仙女们不敢穿过逃走，因为她们全身赤裸，她们也有敬畏上帝的时候。我等着她们在山洞里冻饿而死，到时候，上帝的祥和就会降临到田野之上。"

"谁告诉你上帝的祥和不泽及森林仙子,如同泽及麋鹿和羊群?"年轻女人答道,"难道你不知道上帝创世之时忘记将翅膀赋予某些天使,它们降临人间,在森林里驻扎下来,这便是森林水泽仙子和潘神的种族?另一些则在一座山上定居下来,这便是奥林匹斯诸神。不要像异教徒那样鼓吹世间万物而贬抑造物主,可是也不要感到造物主的作品冒犯了自己。要从心底里感谢上帝,是他创造了狄安娜和阿波罗。"

"我的精神达不到那么高的境界",老修士谦卑地说。"仙女们骚扰我的信众,让他们的灵魂无法得救,而我在上帝面前要为他们负责,这就是为何我要追踪这些仙女,哪怕直至地狱。"

"你的热情可嘉,可敬的修士",年轻女人微笑着说,"可是你想不出一种办法,让仙女们的生命和信众的得救可以两全其美吗?"

她的声音柔和,如同笛子吹奏的音乐。修士不安地垂下头。年轻女人将手放在他肩上,庄重地说:

"修士,让我进到这个山洞里去。我喜欢岩洞,我对那些在洞里寻找藏身之所的人怀有恻隐之心。正是在一个岩洞里,我生下了自己的孩子,也是在一个岩洞里,我毫无畏惧地将他交付给死亡,以便让他经受复活之日的第二次降生。"

隐修士侧身让她进去。她步伐坚定,朝着隐蔽在祭坛后面的洞穴口走去。大十字架挡在门口;她将它轻轻移开,就像拿起一个熟悉的物件,然后钻进洞里。

黑暗中传出的呻吟声变高了,伴着叽叽喳喳和仿佛翅膀摩擦的声音。年轻女人跟仙女们说话用的是一种旁人不知晓的语言,也许就是鸟儿和天使们的语言。片刻之后,她出来站在仍在祈祷的修士身边。

她说:"修士,你看,你听。"

一阵阵细碎而尖利的叫声从她的长袍下传出,不绝于耳。她将长袍的下摆拉开,这时泰拉彼翁修士看见褶子里藏着数以百计的雏燕。她像一个祈祷中的女人那样尽量张开双臂,好让燕子们起飞。然后她用如竖琴般清澈的声音说道:

"飞吧,孩子们。"

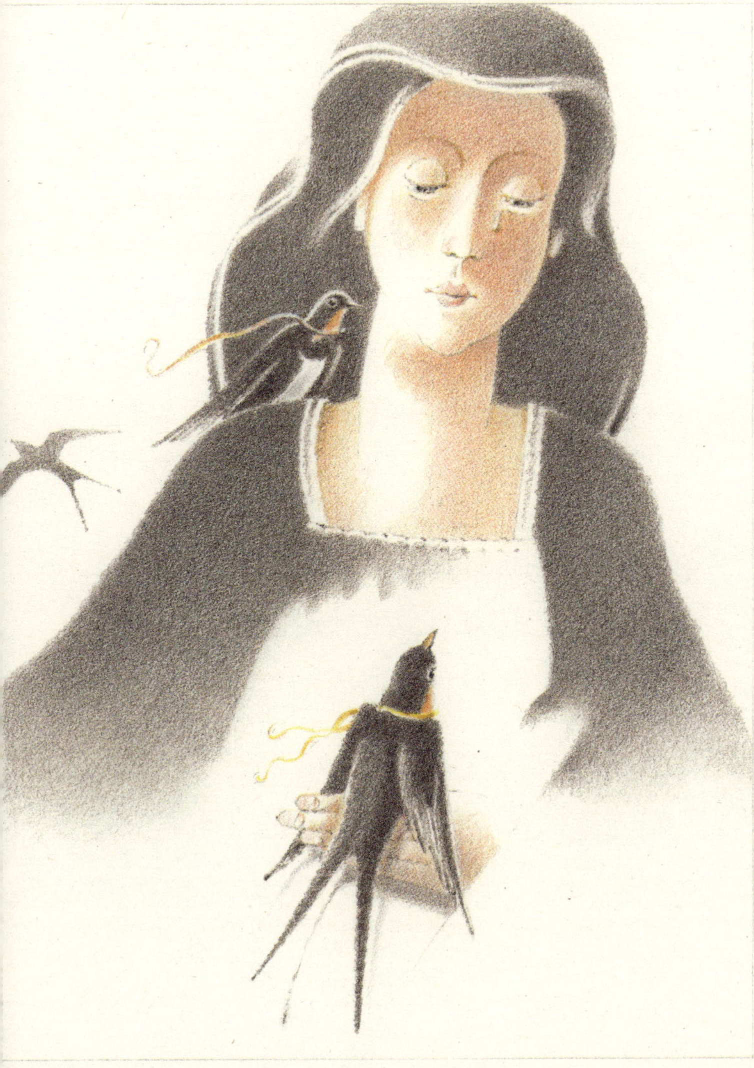

获得解救的燕子们冲向夜空，用喙和翅膀划出神秘的符号。老人和年轻女人目送它们一会儿，随后过路人对隐居者说：

"它们每年都会回来，你就在我的教堂里收留它们。再见啦，泰拉彼翁。"

马利亚就从那条不通往任何地方的小径上离去了，她不在乎道路不通，因为她懂得在天空中行走。泰拉彼翁下山返回村里，翌日，他上山来做弥撒时，仙女们的岩洞壁上布满了燕巢。它们每年都回来；它们在教堂里来来去去，忙于照顾小燕子们和巩固黏土居室。不时，泰拉彼翁修士停下祷告，怀着柔情地观望它们的情爱和嬉戏，因为对仙女们而言是禁忌的事情，对燕子们则不然。

La veuve Aphrodissia

寡妇阿芙洛狄西娅

人们叫他"红色的科斯蒂斯",因为他有一头红发,因为他心中欠着大笔血债,尤其因为他大摇大摆来到贩马的集市上时,身着一件红色上衣,他强迫吓破胆的农民将自己最好的坐骑用低价卖给他,否则就有可能以各种方式横遭暴死。他潜伏在离自己出生的村子步行几小时的山上,多年来,他做的坏事仅限于各种政治暗杀,抢走十来只瘦弱的绵羊。他原本可以安安心心地进出自己的铁匠铺,然而他属于那类人中的一个,对他们而言,自由的空气和偷来的食物比一切都更有滋味。然后,两三桩杀人案让村民们决定动手;他们将他像狼一样围捕,像野猪一样制服。最后,他们终于在圣乔治[1]那天夜里抓获了他,将他横搭在马鞍上带回村子,他的喉咙像肉铺里的牲口一样被切开了,三四个跟随他混迹绿林的年轻人也落得一样的下场,身上布满子弹窟窿和被刀子捅过的痕迹。他们的脑袋被插在长柄叉上,放在村子的广场上示众;尸身则一个摞一个地堆在公墓门口;大获全胜的村民们举杯庆贺,紧闭的百叶窗将阳光和苍蝇挡在门外;六年前,村里的老神甫在一条僻静的路上被科斯塔奇[2]杀死了,此时他的遗孀在厨房里一边哭泣,一边冲洗酒杯,她刚刚用这些酒杯盛满烧酒,请那些为她报仇的村民畅饮。

寡妇阿芙洛狄西娅擦了擦眼睛,在厨房里唯一的凳子上坐下,双手放在桌子边上,头放在手上,下巴像老女人那样颤抖。那天是星期三,从星期天以来她

---

[1] 4月23日。
[2] 科斯蒂斯的昵称。

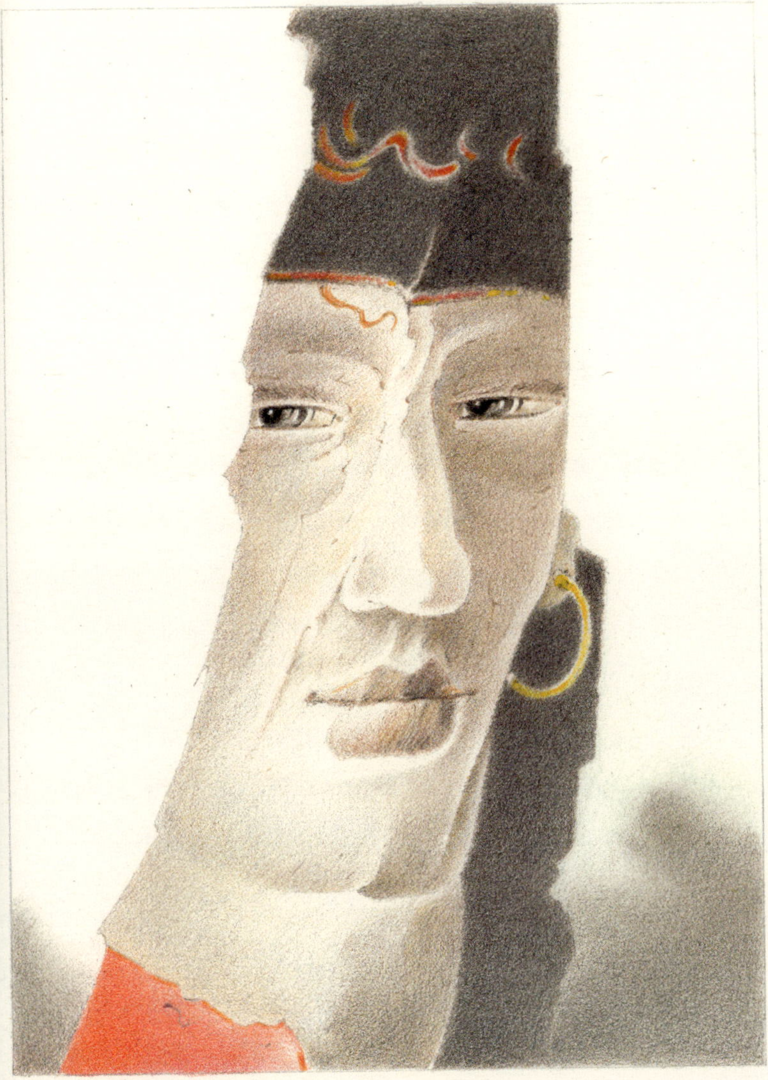

就未曾进过食。她也三天未曾合过眼。她强压住抽泣，胸脯在黑色平纹布长裙的宽褶子下面抖动。她自己的哀怨像摇篮曲，让她不由自主地昏昏欲睡；突然，她惊跳起来：对她而言，这还不是午睡和遗忘的时候。过去的三天三夜，村里的女人们都守候在广场上，山里每次响起的枪声都会传来雷鸣般的回音，她们就会叽叽喳喳尖叫起来；阿芙洛狄西娅的叫声比她的同伴们还要高，这也合情合理，她的丈夫，那位受人尊敬的老神甫，已经在坟墓里躺了六年了。第三天，天刚蒙蒙亮，村民们牵着那头筋疲力尽的骡子回来了，骡子驮着血淋淋的包袱，她晕过去了。女邻居们将她送回她的小屋子里，小屋在村子边上，自孀居以来她就住在那里。但是，她一醒过来，就坚持要向那些为她复仇的人敬酒。她的双腿和双手还在颤抖，她向这些男人挨个敬酒，房间里充满他们身上散发出的皮革味和汗臭，令人几乎作呕，她没能在端给他们的面包和奶酪里掺入毒药，只好满足于在里面吐上几口唾沫，心里祈祷让秋天的月亮照在他们的坟头。

她原本应该趁那一刻向他们坦白她的全部生活，

让他们为自己的愚蠢感到尴尬，或者让他们最坏的猜疑得到证实，她应该贴在他们耳朵边大声说出这些事实，十年来，要掩盖这些事既容易又困难：她爱科斯蒂斯，他们初次相遇是在一条低洼的路上，天上突然下起冰雹，她躲在一棵桑树下，就在这个雷电交加的夜晚，他们之间的激情来得如同闪电般迅捷；她回到村里，心中惴惴不安，惊惧多于悔恨；还有那备受煎熬的一个星期，她试图不跟这个男人见面，然而对她来说，他已经变得跟面包和水一样不可或缺；她第二次跟科斯蒂斯幽会，是她藉口去给神甫的母亲送面粉，老太婆独自一人住在山上，照料一个小农庄；还有那一阵她穿的黄色衬裙，他俩展开当被子盖在身上，就好像躺在一抹阳光下面；还有一个夜晚，他们藏在一个土耳其人废弃的行商客栈的马厩里；还有他们从栗树下面经过时，嫩枝拂面，一阵清凉；科斯蒂斯弓着背，领着她走在林间小路上，在那样的地方，哪怕很轻微的动静，也有可能惊动蝰蛇；还有第一天她未曾注意到的那条疤痕，像一条蛇一样盘在他的后颈上；他看她的目光贪婪而疯狂，仿佛她是一件偷来的宝物；还有他那历经风吹日晒的坚实身躯；他那令她安心的笑声；还有做爱时，只有他才会那样喃喃呼唤她的名字。

她站起身来，猛地一挥手，赶走白墙上两三只嗡嗡作响的苍蝇。这些满腹污秽的苍蝇不时飞来在皮肤上轻轻停留一下，它们比平日更加令人厌烦：说不定它们在那具赤裸的尸体上，在那个血淋淋的脑袋上停留过；跟顽童们的脚踢和女人们好奇的眼光一样，它们也羞辱过死者。啊，要是只需抹布一挥就将整个村子扫除该多好！那些舌头像黄蜂的蛰针一样恶毒的老妇人；还有那个年轻教士，喝弥撒酒喝醉了，在教堂里大声声讨杀死他前任的凶手；还有那些农民，他们在科斯蒂斯的尸体上拳打脚踢，就像一群大马蜂围绕着一只甜得淌蜜的果子。他们想不到阿芙洛狄西娅是在为别的人服丧，而不是六年来躺在公墓里最尊贵位置上的那个神甫老头：她恨不能高声喊出来，她才不在乎那个爱显摆的醉鬼，他的命跟花园深处的木头长椅一样。

然而，尽管她厌恶老头儿的鼾声和他清嗓子的声音，她却几乎要怀念他了，这个轻信而虚荣的老家伙先是被骗了，然后他惊愕不已，他吃惊的样子很滑稽，就像皮影戏里那些妒火中烧的男人一样引人发笑：他为她的这出爱情剧增添了一点闹剧成分。好玩的是，科斯蒂斯夜里悄悄潜入神甫住宅时，她将神甫的鸡勒死，让情人藏在外套下面带走，然后说成是狐狸偷走的；更好玩的是，一天夜里，他们俩在悬铃木下的情话吵醒了老头儿，他们猜到他起身贴在窗前，偷窥他们的一举一动投射在花园墙上的影子，他的心情想来很滑稽，既担心丑事暴露，又害怕挨一颗枪子儿，还想报复解恨。若说阿芙洛狄西娅有什么要责备科斯蒂斯的，唯有他杀死了老头儿这一件事，因为后者身不由己地掩护了他们的私情。

自她孀居以来，任何人也没有察觉到她与科斯蒂斯在月黑之夜那些危险的幽会，她的欢愉少了一位观者，也少了一点刺激的兴味。村里主妇们狐疑的眼光落到年轻女人渐渐肥硕的腰身上时，她们顶多也不过以为神甫的寡妇被哪位流动商贩或者农场里的工人勾引了，似乎阿芙洛狄西娅会答应跟这样的人上床。她只得怀着欣喜接受这些羞辱人的怀疑,还得强忍住她的骄傲,这可比忍住呕吐还要难。几个星期后,村里的妇人们再看见阿芙洛狄西娅时,她宽松的裙子下面肚子已经扁平了,人人都在想,她究竟用什么法子轻轻松松就卸下了包袱。

没有人想得到去圣-卢卡斯神庙参拜只不过是个借口,阿芙洛狄西娅只不过藏身在离村子十来公里的地方,在神甫母亲的小屋里,老太婆已经答应为科斯蒂斯烤面包,还帮他缝补衣裳。并非老太婆慈悲为怀,而是科斯蒂斯为她供应烧酒,再说,她年轻时也曾贪恋过爱情的滋味。在那里,孩子一出生就被裹在两张草褥里捂死了,柔弱,赤身裸体,像一只刚出生的小猫,甚至没有人想到要给他洗洗澡。

终于,发生了一桩命案,科斯蒂斯的一个同伴杀死了镇长。阿芙洛狄西娅的情人咬牙切齿,瘦削的双手紧紧抓住老猎枪,接下来的三天三夜,太阳仿佛从血泊中升起,又在血泊中落下。今晚,一切将在一场欢乐的火焰中结束,为此,好几桶汽油已经堆放在墓地门口;人们会像处理骡子的死尸一样对待科斯蒂斯和他的同伴们，将汽油泼在尸体上，省却下葬的麻烦。留给阿芙洛狄西娅在阳光和孤独中服丧的时间，只剩几个小时了。

她拔下门闩，沿着门前那条窄窄的土堤往墓地走去。几具撂在一起的尸体被堆在干石块垒成的墙边，但是很容易就能认出科斯蒂斯：他的个子最高大，并且她爱过他。一个贪财的农民已经剥走了他的背心，准备星期天自己穿戴；已经有苍蝇粘在眼睛里流出的血泪上；他全身近乎赤裸。两三只狗舔着地上的黑色痕迹，然后喘着气跑到一小片阴影里躺下来。天一黑，太阳不那么火辣辣了，就会有三五成群的妇人聚集到这个小小的土台上；她们会仔细察看科斯蒂斯两肩之间的那颗疣子。男人们会用脚将尸体翻来翻去，以便让他身上剩下的那点儿可怜的衣服浸透汽油；人们将兴高采烈地拔开汽油桶的塞子，就像葡萄采摘者拔掉酒桶的木塞。阿芙洛狄西娅碰了碰撕破的衬衫衣袖，那是她亲手缝制的衬衫，作为复活节礼物送给科斯蒂斯。突然，她在左臂的臂弯处认出了自己的名字，那是科斯塔奇刺上去的。假如别人的眼睛也落到这些笨拙地描在皮肤上的字母上面，明摆着的事实就会让他们突然开窍，就像汽油燃起的火苗开始在墓地的围墙上跳舞。她仿佛看见人们向自己投掷石块，自己葬身乱石堆下。然而，她却不能将这条饱含柔情地告发她的手臂扯下来，也不能拿烤红的烙铁来抹去这个会令她败露的印记。这具尸体已经流血够多了，她不能再让它蒙受一道伤痕。

墓地的围墙内，装点埃蒂安神甫墓穴的白铁花冠在矮墙另一侧的墙根儿下闪闪发光，这个鼓起的小丘让阿芙洛狄西娅突然想起老头子肥胖的肚子。神甫死后，他的遗孀被打发到这个离墓地仅两步之遥的破房子里：她并不抱怨居住在这个只有坟墓在生长的偏僻地段，因为有时科斯蒂斯可以趁着天黑，冒险从这条路过来，路上没有一个活人经过，住在邻屋的掘墓人又聋得跟死人一样。埃蒂安神甫的墓穴跟阿芙洛狄西娅的棚屋只有一墙之隔，这让他们感到好像继续在幽灵的眼皮底下交欢。今天，仍然靠着这僻居一隅的便利，阿芙洛狄西娅将完成一桩计划，方才配得上她足智多谋、胆大妄为的一生。她推开被阳光晒裂的木栅栏，抓起掘墓人的铁锹和镐头。

土地又干又硬，阿芙洛狄西娅汗如雨下，比她流过的眼泪还要多。时不时，铁锹碰在石头上，发出清脆的声响，然而在这个荒僻之地，这声音惊动不了任何人，再说全村人吃过饭都在睡觉。终于，她听见镐头敲在旧木头上发出的干涩声音，埃蒂安神甫的棺木比吉他面板还要脆弱，一敲打就裂开了，露出几根老头子的白骨和那件皱巴巴的祭披。阿芙洛狄西娅将这些残余聚拢，仔细地堆在棺材的一个角落里，然后她双手放在科斯蒂斯胁下，将他的尸体拖往墓穴。昔日的情人比丈夫足足高出一个脑袋，但是科斯蒂斯的脑袋已经被砍下来，身子刚好能装进棺材。阿芙洛狄西娅重新盖上棺木，将泥土堆在坟上，又将花冠盖在被翻搅过的土堆上，这个花冠还是教区居民凑钱从雅典买来的呢，随后她又将拖着尸体走过的小路抹平。堆在墓地门口的尸体现在少了一具，然而村民们才不会为了寻找这具尸体，将所有坟墓翻个遍。

她刚气喘吁吁地坐下，又立即站起身来，好像干掘墓人的活儿上了瘾。科斯蒂斯的头颅还被高高地插在长柄叉上，放在村子尽头海天相接的地方，任人羞辱。只要她还未完成自己心中的丧葬仪式，就一切都尚未结束。她得抓紧时间，趁还有几个小时天热，人们还躲在自己的屋子里睡觉、数钱和做爱，太阳炙烤的广场上还空无一人。

她绕着村子外围，选了一条行人稀少的陡坡往山上走。门口窄窄的阴影里有几条瘦狗在打瞌睡，阿芙洛狄西娅经过时踢了它们几脚，将不能发泄在它们主人身上的怨恨发泄在它们身上。其中一条狗站起来，被激怒了，发出一声长长的哀叫，阿芙洛狄西娅只好停下来片刻，又是说好话，又是抚摸，才将它安抚下来。空气灼热，像烧得发白的铁，阿芙洛狄西娅拉拉披肩遮住额头，可不能还没有完成任务就中暑倒下。

小路走到尽头，终于到了一片白色的圆形空地。再往上，就是深藏着洞穴的巨大岩石，只有像科斯蒂斯那样的亡命之徒才会冒险攀爬，一旦有外地人显出要上去的样子，村里的农民立刻就会尖着嗓子叫他们回来。更高的地方，只有老鹰和天空了，只有老鹰才认识天空中的道路。科斯蒂斯和他的同伴们的五颗脑袋插在长柄叉顶端，脸上是死人才能扮出的各种奇怪的表情。科斯蒂斯双唇紧闭，好像在思考生前没有来得及解决的一个难题，诸如买马或者向新俘获的人索取赎金之类，这伙人里，唯有他死后没有走样得太厉害，因为他一向脸色苍白。阿芙洛狄西娅抓住这颗头，它被取下时发出丝绸撕裂般的声音。她想将它藏在自己家里厨房的地下，或者藏在一个山洞里，只有她一个人知道这个秘密，她抚摸着这点儿残骸，向他保证说，他们俩得救了。

阿芙洛狄西娅走到广场坡地下方的悬铃木树下坐下来，那是农夫巴希尔的地盘。她脚下是陡峭的岩石，通向平原，远远望去，平原上密密的森林如同细小的苔藓。最远处，可以瞥见两片断崖之间的大海，阿芙洛狄西娅心想，要是当初她能让科斯蒂斯下决心从海上逃走，此刻她就不会将一个血迹斑斑的脑袋放在膝盖上摇晃了。她从遭遇不幸以来一直压抑在心中的哀怨，突然爆发了，她像哭丧妇一样嚎啕大哭起来，双臂支在膝盖上，双手抱住满是泪痕的脸，任自己的泪水流到死者脸上。

"喂，神甫的寡妇，你这个女贼，在我的果园里干什么？"

巴希尔老头拿着一把砍柴刀和一根棍子，从高处的路上俯身往下看，他满脸狐疑和怒气冲冲的样子，让他看上去比平时更像稻草人。阿芙洛狄西娅一下子惊跳起来，用围裙遮住手中那颗头。

"我只不过偷了你的一小片荫凉，巴希尔大叔，我想让我的额头凉快凉快。"

"女贼，不要脸的寡妇，你把什么东西藏在围裙下面了？一个南瓜？还是西瓜？"

"我很穷，巴希尔大叔，我只拿了一个红透的西瓜。只不过是个里面长着黑瓜子的红西瓜。"

"让我看看，胡扯，你这个穿一身黑衣的坏婆娘，把你偷的东西还给我。"

巴希尔老头挥舞着棍子从坡上跑下来。阿芙洛狄西娅撩起围裙的两角，抓在手中，朝悬崖方向跑去。坡越来越陡，路越来越滑，残阳如血，仿佛让地上的石块也变得发黏了。巴希尔早就停下脚步，大声喊叫，让奔逃的女人掉头回来；小径已经变为一条窄道，

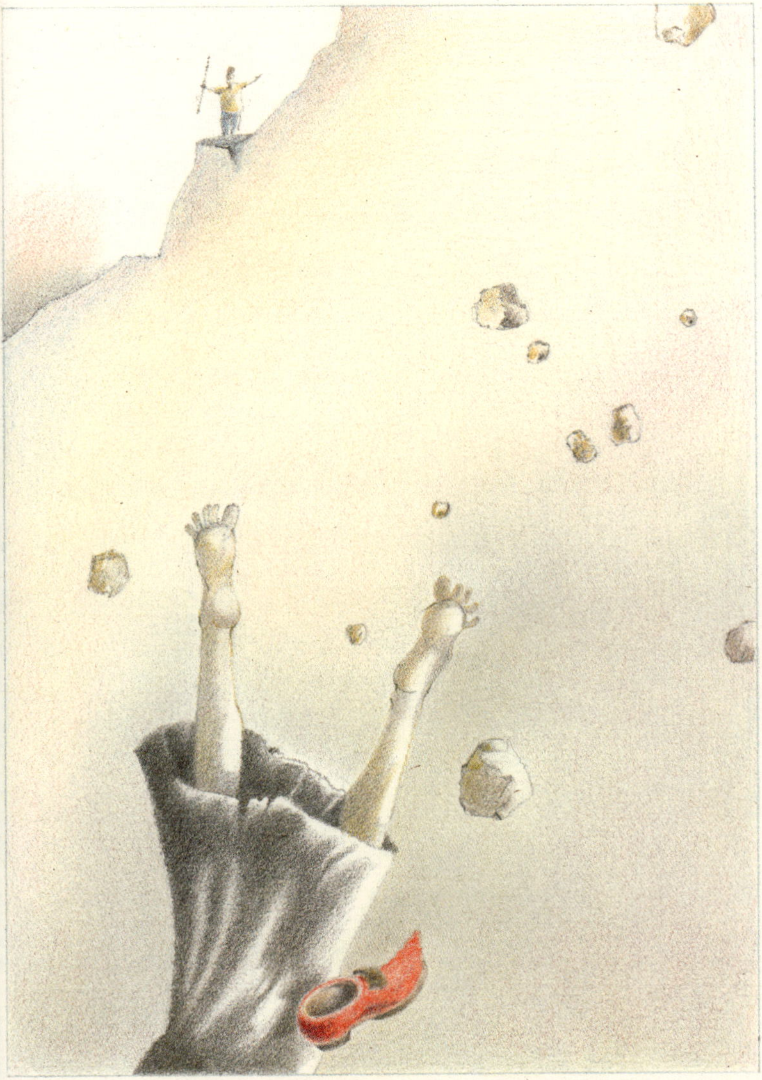

上面堆满崩塌的碎石。阿芙洛狄西娅听见巴希尔的喊声，但是他的话语被风吹散在空中，阿芙洛狄西娅只明白一定要逃离村子，逃离谎言，逃离沉重的虚伪，逃离那永无尽期的惩罚，她不愿有朝一日变成再也没有人爱的老妪。终于，她脚下的一块石子松动了，滚落到悬崖深处，好像为她指路，寡妇阿芙洛狄西娅带着那颗沾满血污的头颅，跌落进深渊和夜晚。

Kâli décapitée

失去头颅的迦梨

恐怖女神迦梨在印度的平原上游荡。

人们在北方和南方，在圣地和集市上同时遇见她。她所到之处，女人们无不战栗；年轻男子们则张大鼻孔，挤到门前，就连嗷嗷待哺的婴儿都知道她的名字。黑色的迦梨女神[1]既恐怖又美丽。诗人们咏唱她，将她纤细的腰肢比作芭蕉树。她浑圆的肩膀犹如

---

1 迦梨（Kāli）的名字有双重含义，既指"黑色的"，又有"时间"之意。在印度教传说中，迦梨女神兼具二元的特点：性感与恐怖，多产与毁灭。

刚刚升起的秋月；丰满的胸脯仿佛即将绽开的花蕾；双腿扭动起来如同初生小象的鼻子，双脚起舞时好似稚嫩的新芽。她的嘴像生命一样热烈；眼睛如死亡一般深邃。在青铜般的黑夜，银白的晨曦，古铜色的黄昏里，她顾盼生姿；在金色的正午里，她将自己细细端详。然而，她的双唇从未微笑过；她细长的颈脖上挂着一串骷髅念珠，她的脸比身体其余部分白皙，双眸清澈含悲。迦梨的脸上一直淌着泪水，仿佛露珠盈盈的清晨有着一张苍白而不安的面孔。

迦梨是卑贱的。她屡屡与贱民、囚徒交媾，失去了自己在神界的地位。她被麻风病人亲吻过的脸庞，犹如星辰蒙上一层痂垢。赶骆驼的人来自北方，因严寒从不沐浴，身上长满疥疮，而她紧紧靠在他们怀里躺下；瞎子乞丐的床上布满臭虫，她照样与他们同床。无论婆罗门还是贱民，她统统投入他们的怀抱，不在乎后者属于低贱的种族，专门负责清洗死尸，是阳光里的污点；焚尸柴堆投射下金字塔形的阴影，迦梨就躺在温热的灰烬里委身于人。她喜欢粗野而强壮的船夫；即便那些在集市上做苦工，比牲畜挨打还要

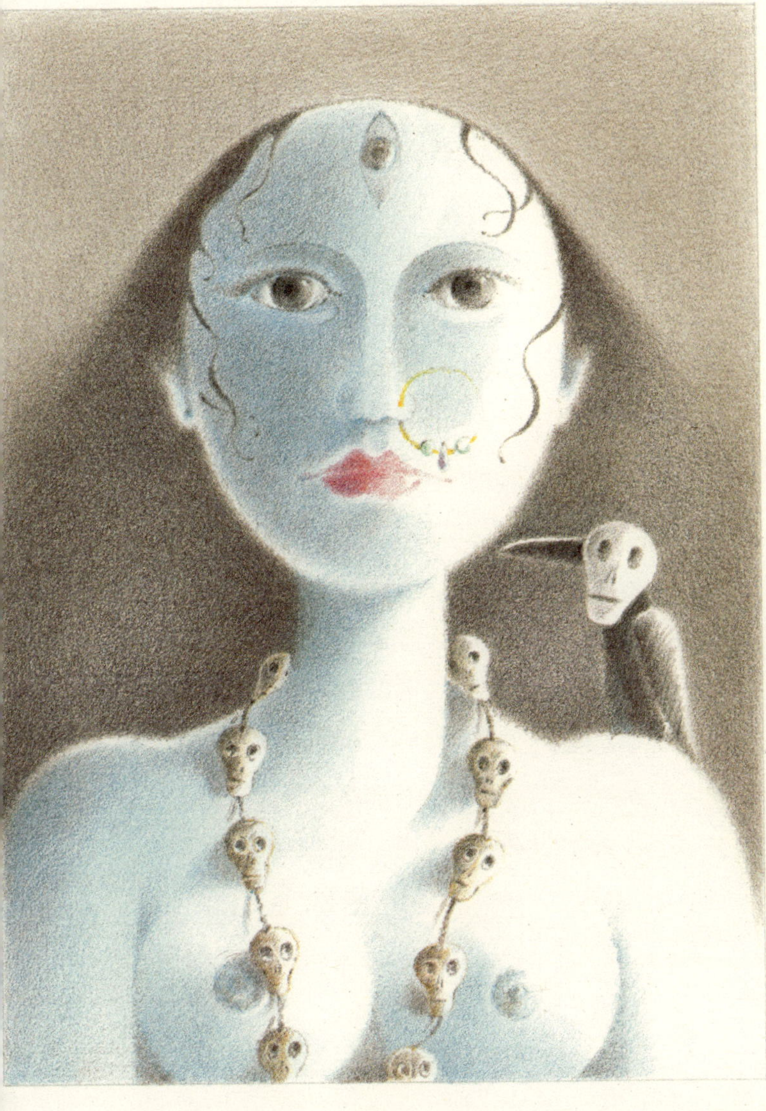

多的黑人,迦梨也来者不拒,将头靠在他们由于长期负重而皮开肉绽的肩膀上摩挲。她像一个害热病却喝不到凉水的人,满怀忧伤,从一个村庄走到另一个村庄,从一个路口走到另一个路口,寻找着同样那些阴郁的欢愉。

她小巧的双脚随着铃铛声狂热地跳舞,双眼却不断涌出泪水,她苦涩的嘴从不亲吻任何人,眼睫毛也不会轻抚那些拥抱她的人的脸颊。她的脸庞始终那样苍白,宛若一轮无瑕的明月。

从前,迦梨是完美无瑕的莲花,在因陀罗[1]的天界占据着宝座,犹如笼罩在蓝宝石里一般;清晨的宝石在她的眼眸里闪烁,宇宙随着她心脏的搏动而收缩或舒张。

然而,迦梨像花朵一样完美,却不知道自己的完美,她像晴天一样纯洁,却不知道自己的纯洁。

---

[1] 因陀罗(Indra)是印度神话中的众神之王,天界的主宰,也是战神和雷电之神。

一个月食之夜，心怀妒意的天神们躲在一颗与他们同谋的行星上，他们藏在角落的一小片阴影里窥伺着迦梨。一道霹雳划过，迦梨顿时身首异处。从被砍断的颈项里喷涌而出的不是血，竟是一束光。迦梨的两段尸体被天神们抛进深渊，一直滚落到地狱深处，那里，一些没有见过或者索性拒绝神圣之光的人在爬行或呜咽。一阵寒风吹来，从天而降的光束刹那凝结；一层白色覆盖在群山之巅，山上的星空渐渐变成黑夜。各路恶魔、牛鬼蛇神、千手千足怪被彼此的光环射得睁不开眼睛，连滚带爬躲进黑暗里。天神们惊恐万状，不禁为自己犯下的罪行感到悔恨。

懊恼不已的诸神沿着世界屋脊，下到烟雾缭绕的深渊里，一息尚存的人们匍匐在那里。诸神穿越九层炼狱；他们穿过遍布泥泞和寒冰的黑牢，那里有鬼魂在为以前犯下的过失追悔莫及；他们经过燃着熊熊火苗的监狱，那里另一些亡灵被虚妄的贪念所折磨，竟为自己未曾犯下的过失而痛哭。众神惊讶地发现，人类关于恶竟有着无比丰富的想象力，无论享乐还是罪孽都花样百出，数不清的痛苦焦虑因此而生。在一片尸横遍野的沼泽地尽头,迦梨的头颅像莲花一样漂浮在水面,乌黑的长发散落四周,仿佛浮起的缕缕须根。

诸神虔诚地拾起这颗美丽的头,它已经毫无血色,他们接着开始寻觅曾经托起这颗头的躯体。他们看见岸边躺着一具无头尸,便将它抬起来,将迦梨的头安放在这具尸体的肩上,然后唤醒了女神。

原来这是一个娼妓的身体,她企图打扰一个年轻婆罗门的冥想,遂被处死。尸体因失血而苍白,看上去很纯洁。女神和这个妓女的左腿上竟然长着一颗一模一样的美人痣。

迦梨,完美无瑕的莲花,再也没有返回因陀罗天界的宝座。那具与她圣洁的头颅相连的身躯,依然留恋那些声名狼藉的场所,眷念偷偷摸摸的抚慰,巴望回到阴暗淫荡的房间,透过绿色的百叶窗守候顾客的到来。她诱惑孩童,挑逗老者,年轻男子为她欲火焚身,城里的妇人们遭到丈夫冷落,以寡妇自况,便将迦梨的躯体比作焚尸柴堆上的烈焰。她像阴沟里的老鼠一样污秽，跟田里的黄鼠狼一样遭人嫌恶。她勾魂摄魄，如同从肉案上偷走零碎的下水；有人为她倾家荡产，金钱从她的指缝中流过，就像蜜糖一样让她的双手变得滑腻。从贝拿勒斯[1]到迦毗罗卫城，从班加罗尔到斯利那加，迦梨的身躯拖着女神蒙羞的头颅，片刻不停地游荡，而她清澈的双眼在不停地流泪。

一天清晨，在贝拿勒斯，迦梨带着醉意和一脸疲惫，走出了妓女们聚居的街道。田野里，一个傻子坐在粪堆旁，安安静静地淌着口水。他见迦梨从面前走过，就起身跟在后面追赶。很快，他的影子已经追上女神了。迦梨放慢脚步，让这个人靠近她。

她跟傻子分手后，又继续上路，朝另一个城市走去。一个孩子过来向她讨钱，她却并不警告孩子，一条蛇正从两块石头间直起身来，伺机出击。她对一切活物都怀着满腔怒火，同时她又想用活物来补充自己

---

[1] 今名瓦拉纳西，位于恒河左岸，是印度最古老的城市之一，也是印度教的七座圣城之一。

的元气，想毁灭一切生灵来让自己得到餍足。有人看见她蹲在墓地边上，像母狮子那样大口大口地咬噬骷髅。她杀死男人，就像雌性昆虫吞食它的雄虫；她掐死自己产下的婴儿，犹如母野猪拱翻自己的一窝幼崽。她杀了人还嫌不够过瘾，还要踩在死者身上跳舞直至他们完全断气。她沾满血污的嘴唇散发出一股寡淡的生肉味儿，然而她的拥抱给予受害者慰藉，她温暖的胸脯让人忘却一切危害。

在森林边上，迦梨与佛陀相遇了。

佛陀结跏趺坐，手心向上，双手叠放，干瘦的身体如同焚尸堆上的劈柴。没有人说得出他究竟年轻还是年老；他的双目洞察一切，然而深藏在低垂的眼皮底下，显得若有若无。阳光在佛陀周围形成一轮光晕，迦梨内心深处突然涌起一种预感，仿佛最终的大休息即将来临，不再有来世今生，万物生灵得到解脱。极乐之日，生与死将同样无用，一切皆化为无。这纯粹的虚无，她甫一领会，便像腹中胎儿一样跳动起来。

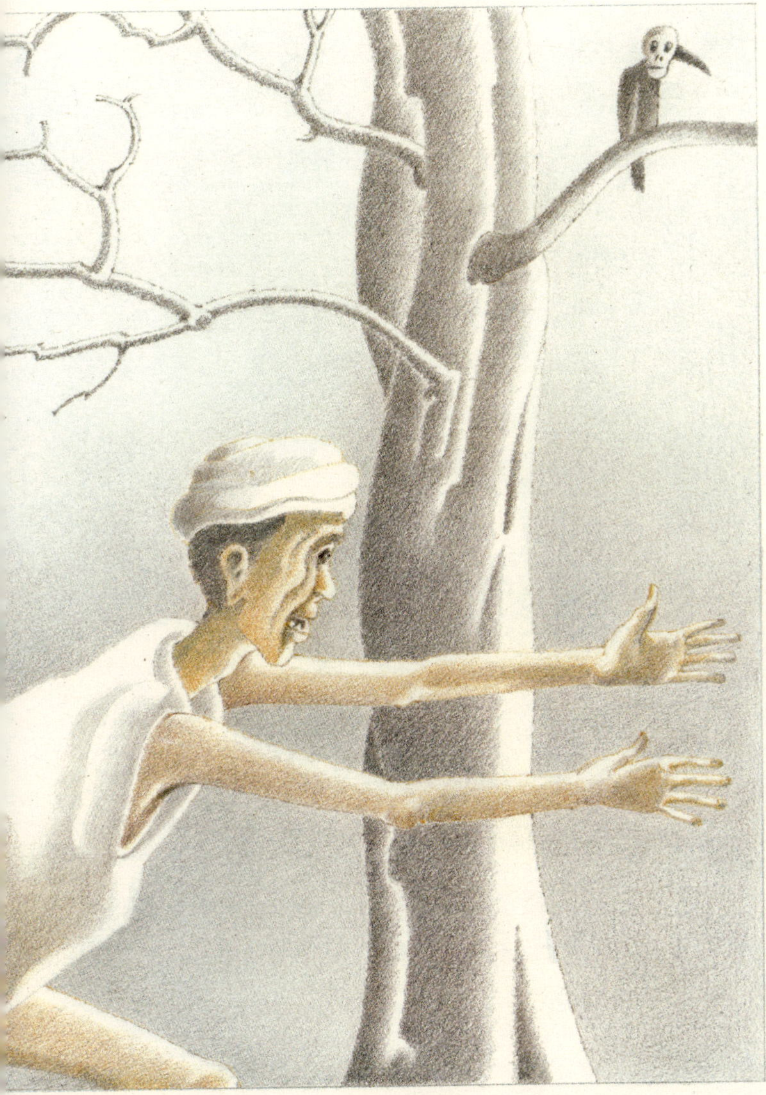

大慈大悲的佛陀抬起手，为这位路过的女人祝福。

"我纯洁的头被安放到卑贱之躯上了"，她说，"我既有所欲，又有所不欲；我痛苦，却又享乐；我嫌恶生，却又惧怕死。"

"人无完人"，佛陀说道，"众生无不支离破碎，皆为无常之影子和幽灵。人皆以为自己在哭泣，亦皆以为在享乐，亘古以来，概莫能外。"

"我曾是因陀罗天上的女神，"妓女说。

"那时你同样无以逃脱因果循环，你宝石般的身体跟污泥和血肉之躯一样，在劫难逃。如今你是个无福的女人，身败名裂，漂泊无依，或许此时你更近于无形之境。"

"我感到倦怠，"女神呻吟道。

这时，佛陀用指尖摸了摸迦梨沾满尘垢的黑发辫，说道：

"欲望教你懂得欲望之虚幻；悔恨教你懂得悔恨之无用。耐心吧，你为舛误，然而众生皆为舛误；你非完人，惟其如此，方能悟得完美；你愤懑不平，然而你不必永生……"

La fin de Marko Kraliévitch

马尔科·克拉列维奇之死

丧钟在蓝得几乎让人无法忍受的天空中回荡。钟声似乎比在别处更加洪亮,更加刺耳,在这个处于异教地区边缘的国家,大钟仿佛故意高声强调自己的敲钟人是基督徒,即将下葬的死者也是基督徒。然而,天空下的白色城市里,到处是窄小的天井,人们蹲在荫凉地里,钟声跟各种声音混杂在一起,叫喊声,呼唤声,羊羔的咩咩声,马的嘶鸣,驴的尖叫,有时还有女人发出的猫头鹰般的叫声,还有她们为刚刚逝去的亡灵祈祷的声音,还有一个白痴在笑,他对这场丧仪没有兴趣。在镀锡工聚居的街区，铁锤敲打的声音盖过了钟声。老斯蒂凡手中的小锤发出干涩的敲击声，他正在精心打制一只水壶的壶颈。这时布门帘被掀开一角，时近黄昏，阴暗的店铺里涌进一些外面的炎热和一缕低垂的阳光。他的同行安德列夫走进来，就像进自己家一样，在一小块地毯上盘腿坐下。

"你知道马尔科死了吗？我在场呢，"他说。

"有老主顾告诉我他死了"，老头答道，并没有放下锤子。"既然你想讲给我听，那你就讲吧，我干我的活儿。"

"我有一个朋友在马尔科的厨房里当差。逢年过节，他就让我去帮忙上菜，这样总能捞到点好吃的东西。"

"今天可不是什么节日"，老头说，一边抚弄着铜壶的壶嘴。

"虽说不是过节，但马尔科家向来吃得好，哪怕是平日，哪怕是斋日。他那里总是宾朋满座；首先是那些瘸腿的老家伙，他们没完没了地吹嘘在科索沃干的好事。不过，这些人一年比一年，甚至一季比一季来得少了。今天，马尔科还邀请了大商人、显要人物、村长们，还有那些住在山里的人，他们离土耳其人很近，彼此隔着湍急的溪流就可以把箭射到对岸，溪流在悬崖峭壁间穿行，夏天枯水时，溪沟里流的就是血。这次宴席是为出征壮行，跟每年一样，他们都要去抢土耳其人的马驹和家畜。我们大盘大盘地上菜，里面的调味料可没有少放；盘子沉甸甸的，一不小心就会从手中滑落，因为很油。马尔科的饭量和酒量都以一当十，而且他说的话比吃的饭还要多，大笑着用拳头捶打桌子比喝酒还要多。时不时，有人事先就为战利品争吵起来，他还得劝架。

"我们这些仆人为所有客人浇水洗手，然后又为他们擦干手指，这时马尔科走到人头涌动的大院子里。在城里，大家都知道残羹剩菜会分发给想要的人，如果还有剩，就给狗吃。大多数人都会带上大大小小的瓦罐，要不然就带一只碗来，最起码也要带一只篮子。马尔科几乎认识每一个人。谁也比不上他记得住那么多人的长相和名字，能准确无误地把名字跟长相对上号。见到一个挂着拐杖的伤残人，他就跟这人聊起当年一同抗击君士坦丁大公的事情；见到一个演奏齐特拉琴的盲乐师，他就哼唱起一支谣曲的头一句，那是他年轻时这位乐师献给他的歌；见到一个丑老太婆，他就抬起她的下巴，跟她提起他们从前同枕共眠的好时光。有时，他亲手从盘子里抓起一大块羊肉，对某人说：'吃吧！'总之，今天跟平时一样。

"突然，他走到一个小老头面前，老头儿坐在长凳上，双脚还够不着地。

"'嘿'，他说，'你怎么没有带碗来？我想不起来你的名字。'

"'有些人这样叫我，有些人那样叫我'，小老头说，'这无关紧要。'

"'我也不认得你这副样子'，马尔科说，'也许因为你长得平淡无奇。我不喜欢陌生人，也不喜欢不乞讨的乞丐。难不成你是土耳其人的探子？'

"'有些人说我一直在窥探'，老头说，'但是他们搞错了：我任人做他们想做的事。'

"'我也是，我喜欢想干甚么就干甚么'，马尔科大声叫喊起来，'我不喜欢你这副样子。滚

出去!'

"他给老头使了个绊子,想让他从长凳上摔下来。但是小老头似乎坚如磐石。不,这样说不确切;他看上去并不比任何人更结实;他穿着一双破拖鞋,双脚耷拉着,但是马尔科好像根本没有碰到他。

"马尔科揪住他的肩膀,想让他站起来,结果也一样。老头儿晃了晃脑袋。

"'站起来,像个男人一样出手吧',马尔科叫起来,脸涨得通红。

"小老头站起身。他的确个子很小;他只到马尔科肩膀那么高。他站在那里,一言不发,一动不动。马尔科冲他猛扑过去。但是,他的拳头好像并没有击中老头,却鲜血直流。

"'你们这些人',马尔科对他的随从们喊叫,'你们不要来掺和。这次让我自己来。'

"然而他已经上气不接下气。突然,他一个趔趄,一下子瘫软了倒在地上。我向你发誓,老头一动也未曾动。

"'这一跤摔得不轻,马尔科',老头说,'你再

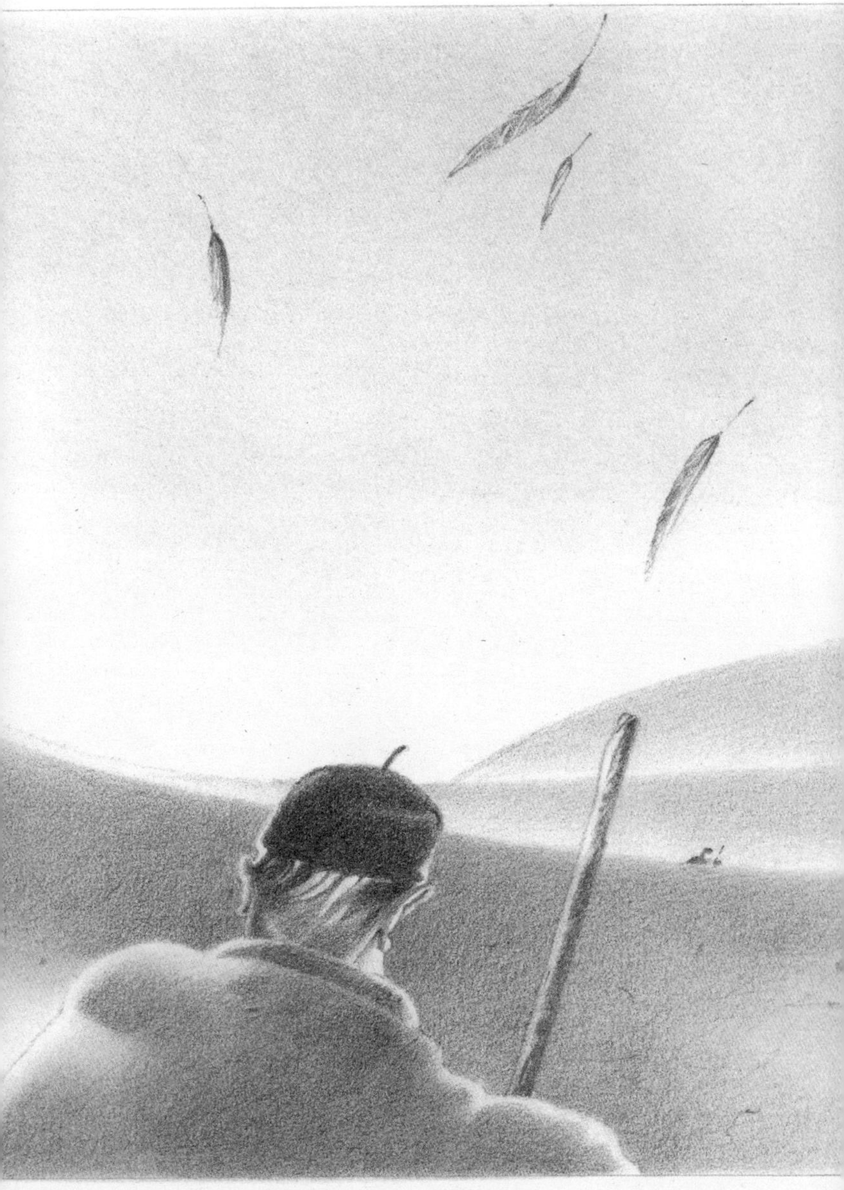

也站不起来了。我想你在动手之前自己心里已经明白。'

"'可是我们还要出征去抗击土耳其人,一切都已准备就绪;事情本来十拿九稳',躺在地上的人艰难地说,'但既然是这样,就这样吧。'

"'是抗击土耳其人,还是为他们效力?'小老头问道,'的确,有时你左右逢源。'

"'我从前讨好的一个姑娘也对我这样说过',奄奄一息的人说,'我砍掉了她的右臂。我还让人割破过囚犯的喉咙,尽管我们答应过……说到底,我也不只干坏事。我给神甫捐东西;我向穷人施舍……'

"'你不必在这里算账',老头说,'算账不是为时尚早,就是为时已晚,况且毫无意义。不如让我把外套垫在你的头下面,你躺在地上会好受一点儿。'

"他脱下外套,照他说的那样做了。人人惊得目瞪口呆,没有人上前抓他。再说,细想起来,他什么也没有做啊。大门敞开着,他朝门口走去。他略略有点驼背,看上去比任何时候更像个乞丐,但是个一无所求的乞丐。门口有两条套住的狗;他从面前走过时,将手放在大黑的头上,这条狗可凶着呢。大黑连嘴也没有张开。这时大家都知道马尔科已经死了,便都朝门口转过身来,眼看着老头离去。你知道,门外是一条笔直的大路,在两山之间起起伏伏。老头已经走远了。只见一个人在尘土中走着,脚步有点儿拖沓,宽大的短裤拍打着双腿,衬衣随风飘拂。对一个老人而言,他走得挺快。他头顶上,空旷的天空中,一行大雁在飞翔。"

La tristesse de Cornélius Berg

科内琉斯·伯格的悲哀

科内琉斯·伯格自从回到阿姆斯特丹，就一直住在旅店里。不过他时常换地方，一到该付钱的时候就搬家。他还在画，有人向他订购一些小幅肖像或者风俗画，要不然，他就东一处西一处，为某个爱好者画一幅裸体像，要不然就在街上晃悠，希望能觅到画一幅招牌的活儿。不幸的是，他的手开始颤抖了；他的眼镜片也越来越厚；他早年在意大利爱上了葡萄酒，然而葡萄酒跟烟草一起，毁掉了他最后残余的稳定笔触，尽管他还在以此自矜。他感到气恼，拒绝交画，不断添加和涂抹，将画面弄得一团糟，最后干脆不画了。

他在烟雾缭绕的酒馆里一坐就是好几个钟头，像个醉醺醺的酒鬼。从前跟他一起在伦勃朗门下学画的同窗们为他付酒钱，想听他讲讲旅行见闻。然而科内琉斯曾经携带画笔和颜料奔走过的那些尘土飞扬、阳光刺眼的国家，在他的记忆中已经变得模模糊糊，甚至还不如在他去之前想象中那样清晰；他甚至不像年轻时那样，还能开一些粗鲁的玩笑，逗得女侍者们咯咯笑。有些人还记得印象中那个喜欢高声谈笑的科内琉斯，如今他们吃惊地发现他变得沉默寡言了；只有喝醉了他才会开口，然而这时他滔滔不绝说出来的话，又没人听得懂。他面朝墙壁坐着，帽子拉下来遮住眼睛，不想看见其他人，他说，人群令他恶心。年老的肖像画家科内琉斯在罗马的一个阁楼里住过多年，他一生细察过太多人类的面孔；现在他带着一种愤愤然的冷漠掉过头去；他甚至说连动物也不愿意画了，动物太像人类。

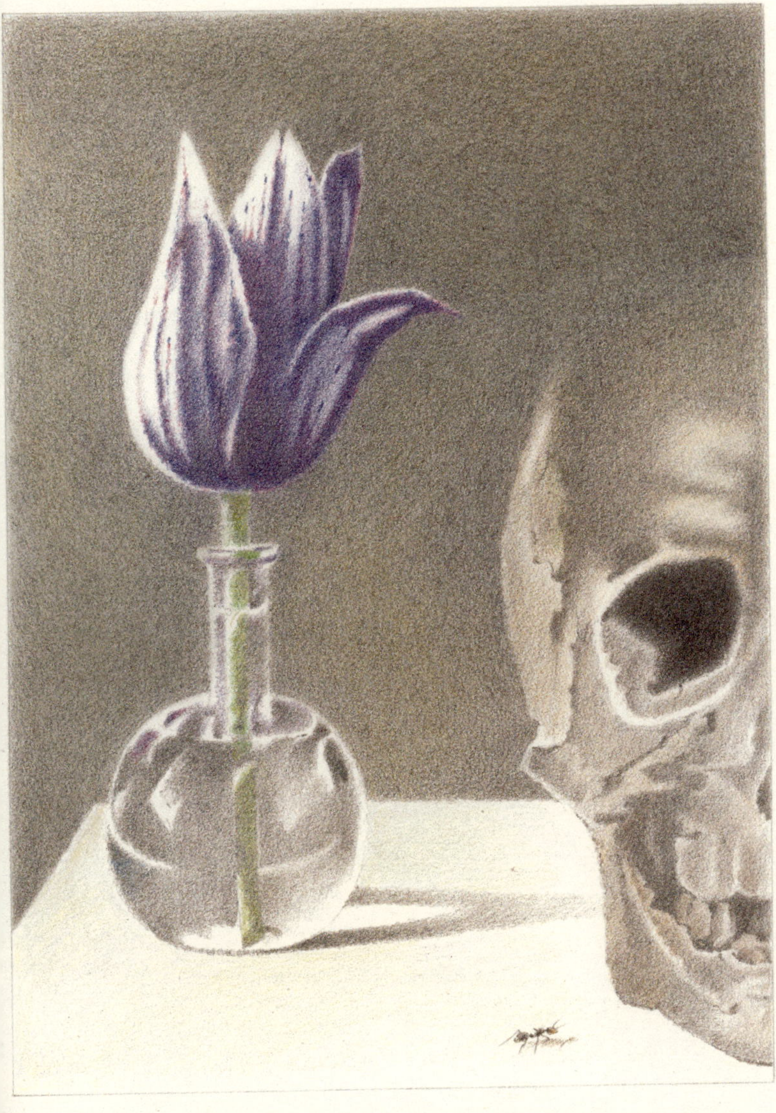

随着渐渐失去曾经有过的些许才华，他却仿佛获得了某种天赋。在那间乱七八糟的屋顶阁楼里，他站在画架前，旁边放着一个漂亮的稀罕水果，水果价格不菲，他应该趁它亮闪闪的表皮失去光鲜之前尽快画下来，有时摆放的是一只普通的小锅，或者一堆果皮。房间里弥漫着昏黄的光线；雨水轻轻冲刷着玻璃窗；潮气无孔不入。潮气变成汁液让表皮粗糙的橘子鼓胀起来，让护壁板发胀，嘎吱作响，让铜壶的表面失去光泽。然而科内琉斯很快放下了画笔；从前，若有人请他画躺着的维纳斯，或者长着金黄色胡须、为赤裸的孩童和披着长袍的妇人们祝福的耶稣，他灵活的手指总是一挥而就，如今他的手指发僵，再也画不出那种渗透所有物品、让天空蒙上一层雾气的既湿润又明亮的质感。他变形的双手摩挲着这些他不再描绘的物品，充满柔情和关切。在阿姆斯特丹阴郁的街道上，他梦想着那些露珠摇曳的原野，那里比暮色中的阿涅内河[1]两岸还

---

1 阿涅内河是意大利中部的一条河流，流经蒂沃利古城，在罗马附近注入台伯河。

要美，空旷无人，对人类来说过于神圣。饱经沧桑的生活似乎让这个老头儿变得有些浮肿，他看上去像患了心源性水肿。科内琉斯·伯格时不时涂抹几幅蹩脚的作品，只能凭借梦想与伦勃朗匹敌。

他也没有跟所剩无几的亲戚们联系。他们中有些人没有认出他来；另一些则佯装不知道他这个人。唯一一个跟他打招呼的人，就是哈勒姆[1]的老辛迪克[2]。

整个春季，科内琉斯都在这个干净明亮的小城里工作，有人雇他在教堂的墙上画假护壁装饰。晚上收工之后，他也乐意到老辛迪克家里坐坐。一辈子风平浪静、按部就班的生活让这个老头慢慢变得愚钝了，他一人独居，一个女佣将他照顾得妥妥帖帖，他对艺术一无所知。科内琉斯推开那道小小的油漆过的木栅栏；在运河边的小花园里，郁金香爱好者在花丛里等

---

1 哈勒姆是荷兰的一个城市，距阿姆斯特丹约20公里。17世纪时，该城有很多知名画家的画室。
2 辛迪克（syndic）是自治城市向所属的封建领主派出的居民代表，也可能代表某一行会或团体的利益。

着他。科内琉斯对这种极其昂贵的鳞茎并无兴趣，但他善于分辨外观上最微小的细节，色调上最细微的差异，他明白老辛迪克之所以邀请他，只是想听听他对新品种的见解。任何人也无法用词语来描绘变化无穷的白色、蓝色、粉色和淡紫色。高贵的花萼从黑油油的地里破土而出，柔弱而又挺拔；这些花朵没有香味，只有一股从土里冒出来的湿润气息漂浮在空中。老辛迪克将一个花盆捧在膝盖上，两个指头像扶着腰肢那样夹住花茎，一言不发，请客人欣赏这个美妙的奇迹。他们之间很少说话：科内琉斯·伯格用点点头来表达意见。

这天，辛迪克兴致盎然，他又成功培育了一个格外稀罕的品种：花朵白中透出一点浅紫，有着近乎鸢尾那样细细的褶皱。他将花儿从各个角度转来转去，细细审视，然后放在脚下，说道：

"上帝是一个伟大的画家。"

科内琉斯·伯格没有答话。老人又心平气和地接着说：

"上帝是宇宙的画家。"

科内琉斯·伯格看看花儿，又看看运河。这面黯淡的镜子上只映出花坛、砖墙和家庭主妇们晾晒的衣服的倒影，然而年老体衰的流浪者却在其中隐约看见了自己的一生。他在经年累月的旅行中瞥见过的某些面容浮现在眼前，肮脏不堪的东方，自由散漫的南方，他在无数美丽的天空下看到过的吝啬、愚蠢或凶残的表情，破败的住所，可耻的疾病，小酒馆门口好勇斗狠的群殴，放贷人冷漠的面孔，还有他的模特芙蕾德里克·赫里兹多赫特，她美丽丰腴的躯体躺在弗赖堡医学院的解剖台上。然后，他又想起另外一个场景。那是在君士坦丁堡，联合省[1]大使请他前去绘制几幅苏丹的肖像，他有机会欣赏到另一座郁金香花园，那是一位帕夏的骄傲和欢乐所在，帕夏寄希望于画家抓住这个花卉后宫转瞬即逝的完美，使之流芳百世。在一个大理石砌成的院子里，郁金香济济一堂，

---

1 亦称联省共和国。1579 年，尼德兰北方七省成立乌得勒支同盟，反抗西班牙国王的统治，1581 年正式成立联省共和国。因荷兰是其中最强大的一省，故又通常以荷兰代指联合省。17 世纪是联省共和国经济发展，艺术繁荣的黄金时代。

仿佛就是种种明亮、柔和的色彩在轻轻摇曳，微微作响。喷泉的承水盆上有一只鸟在歌唱；柏树的树梢刺向淡蓝色的天空。但是，奉主人之命带领客人观赏这些奇花异卉的奴隶是一个独眼，苍蝇聚集在他新近失去的那只眼睛上。科内琉斯·伯格长叹一口气。他摘下眼镜，说道：

"上帝是宇宙的画家。"

然后，带着苦涩，他低声说道：

"不幸的是，辛迪克先生，上帝没有只限于描绘风景。"

1978年后记

这次重印的《东方故事集》，尽管作了多处纯属文笔风格的改动，基本上仍保留了1938年初版问世时的面貌。唯有一篇《失去头颅的迦梨》，结尾是重写过的，为的是更加突出与这篇传说不可分割的某些形而上学的观点，否则在西方人看来，这个传说就不过是个语焉不详的"印度风流故事"罢了。另一篇《克里姆林宫的囚徒》是早年所作的尝试，本意是将一个古老的斯拉夫传说改写为现代故事，此次再版删去了，因终觉兴味索然，不值得修改。

最终保留下来的十篇小说（考虑到这些篇章题材芜杂，或许"故事与小说"的题目更合适），有四篇经我或多或少的自由发挥，是从有文字可考的寓言或传说改写而来。《王浮得救记》的灵感来自古老中国的一则道家寓言；《马尔科的微笑》和《死者的乳汁》取材于中世纪巴尔干地区的歌谣；《失去头颅的迦梨》源自一个取之不竭的印度神话，这同一个神话启发歌德写了《天神与舞姬》，托马斯·曼写了《移植的头颅》，然而他们的改写方式与我各不相同。此外，《迷恋涅瑞伊德斯的男子》和《寡妇阿芙洛狄西娅》（该篇初版时的题目是《红色头颅》）依据的是今天——或者不如说昨天，因为它们是在1932至1937年间写成的——希腊的社会新闻或民间迷信。相反，《燕子圣母堂》则出自作者本人的想象，因为我想为阿提喀乡间一座小教堂迷人的名称作一番解释。在《源氏公子最后的爱情》中，人物与故事背景都是借用的，但并非来自神话或传说，而是来自一部伟大的文学作品，即令人赞叹的11世纪日本小说《源氏物语》。紫式部在这部长达六七卷的小说里，讲述了一个风流倜傥的亚洲唐璜的经历。紫式部以她特有的细腻，对主人公之死"隐而不谈"，她在前一章中写到源氏丧妻之后决定隐居，下一章里源氏已经离开人世。读者刚刚读到的这篇小说，即便没有达到填补原著留白的目的，至少也可以引人遐想，倘若由紫式部本人来写，她会怎样讲述这个故事的尾声。《马尔科·克拉列维奇之死》的故事在我头脑中萦绕多年，然而直到1978年才最终写成。故事取自一首塞尔维亚谣曲的片段，其中讲到这位英雄死于一个神秘的过路人之手，这位路人其貌不扬，却寓意深长。这个故事令我难以忘怀，然而我是在什么地方看到或者听到的呢？我却记不得了，我手里还有几篇同类故事，讲述的是马尔科·克拉列维奇的不同结局，但我也没有在其中找到，况且这些结局与我所写的也不相同。最后，《科内琉斯·伯格的悲哀》（从前的题目是《科内琉斯·伯格的郁金香》）原本是为一部长篇小说所写的结尾，然而这部小说至今也未能完成。这篇故事毫无东方色彩，除了其中两次提到画家曾旅行到过小亚细亚（并且其中一次是最近才添加的），总而言之，它与集子前面诸篇无甚关联。然而,我未能抗拒自己的一个愿望,那就是将这位寂寂无名的伦勃朗的同时代人与中国大画家相比照,后者消失在自己的画中而得救,前者则面对自己的作品陷入忧郁的沉思。

若有读者对作品的版次年代感兴趣,我不妨再交代几句:《失去头颅的迦梨》1928年发表于《欧洲评论》;《王浮》和《源氏》,分别于1936年和1937年发表于《巴黎评论》;同样在1936—1937年间,《马尔科的微笑》和《死者的乳汁》发表于《文学新闻》,《迷恋涅瑞伊德斯的男子》刊行于《法兰西评论》。《马尔科·克拉列维奇之死》登载于1978年的《新法兰西评论》。

图书在版编目（CIP）数据

东方故事集：插图本/（法）玛格丽特·尤瑟纳尔著；（法）乔治·勒穆瓦纳插图；段映虹译. —上海：上海三联书店，2024.2重印
 ISBN 978-7-5426-7182-0

Ⅰ.①东… Ⅱ.①玛…②乔…③段… Ⅲ.①短篇小说-小说集-法国-现代 Ⅳ.①I565.45

中国版本图书馆CIP数据核字（2020）第226503号

NOUVELLES ORIENTALES
Illustrations de Georges Lemoine
Copyright © Éditions Gallimard, 2016.
Simplified Chinese translation copyright © 2021 by Shanghai Joint Publishing Company.
ALL RIGHTS RESERVED
著作权合同登记号　图字09-2020-753

东方故事集（插图本）

著　　者 / [法] 玛格丽特·尤瑟纳尔
插　　图 / [法] 乔治·勒穆瓦纳
译　　者 / 段映虹

责任编辑 / 黄　韬　李巧媚
装帧设计 / Shinorz.cn
监　　制 / 姚　军
责任校对 / 张大伟　王凌霄

出版发行/ **上海三联书店**
　　　　　(200030) 中国上海市漕溪北路331号A座6楼
邮　　箱 / sdxsanlian@sina.com
邮购电话 / 021-22895540
印　　刷 / 上海艾登印刷有限公司

版　　次 / 2021年2月第1版
印　　次 / 2024年2月第5次印刷
开　　本 / 787mm×1092mm　1/32
字　　数 / 80千字
印　　张 / 6
书　　号 / ISBN 978-7-5426-7182-0/I·1660
定　　价 / 58.00元

敬启读者，如发现本书有印装质量问题，请与印刷厂联系 021-62213990